**DAGMAR FOHL**

# Schneemusik

**DAGMAR FOHL**

# Schneemusik

*Kriminalroman*

GMEINER SPANNUNG

Dieses Buch wurde vermittelt durch
die LKM Literaturbetreuung Klaus Middendorf

Bisherige Veröffentlichungen im Gmeiner-Verlag:
*Alma (2017), Der Schöne im Mohn (2016),*
*Amrum sehen und sterben (2016, Gmeiner Digial),*
*Palast der Schatten (2013), Der Duft von Bittermandel (2011),*
*Die Inseln der Witwen (2010),*
*Das Mädchen und sein Henker (2009)*

Besuchen Sie uns im Internet:
www.gmeiner-verlag.de


Im Ehnried 5, 88605 Meßkirch
Telefon 07575/2095-0
info@gmeiner-verlag.de

1. Auflage 2017

Lektorat: Claudia Senghaas, Kirchardt
Herstellung: Mirjam Hecht
Umschlaggestaltung: U.O.R.G. Lutz Eberle, Stuttgart
unter Verwendung eines Fotos von: © suze / photocase.de
Druck: GGP Media GmbH, Pößneck
Printed in Germany
ISBN 978-3-8392-2114-3

# ERSTER SATZ

# AUFTAKT

Er hatte Türen und Fenster geschlossen sowie Türklingel, Telefon und Handy abgestellt. Er wollte niemanden sehen und sprechen. Er stieg die Treppe hinauf, schritt den Flur entlang, seine Schuhsohlen scharrten über den Boden; die eigenen Schlurfgeräusche verstärkten seine Furcht. Er steht nun vor seiner Zimmertür, nimmt all seinen Mut zusammen, öffnet die Tür, schließt hinter sich ab, als wäre er nicht allein im Haus. Er geht auf seinen Schreibtischstuhl zu, zieht, vor innerer Kälte zitternd, die blaue Strickjacke, die über dem Stuhlrücken hängt, an, und setzt sich an den Schreibtisch. – Er starrt auf das schwarze Rechteck, das vor ihm liegt. Noch wagt er nicht, den Deckel zu heben. Seine Hände sind feucht, und auf seiner Stirn perlt ungesunder, kühler Schweiß. Was ist das für ein Unterfangen? Was habe ich mir vorgenommen? Ihn schaudert, aber er kann nicht anders.

Er öffnet den schwarzen Deckel und startet den Laptop. Die Lüftung rauscht und sirrt, sie frisst sich fordernd in seine Ohren und setzt sich quälend in den Gehörgängen fest … Er hält es nicht länger aus, hebt die Hände, die schwer wie Bleigewichte an seinen Armen hängen, und seine Finger zittern auf die Tasten:

UNTER DEM MANTEL DES EISES
von
Olaf Sprengler

*Für Selma,*

tippt er auf die nächste Seite. ›Selma‹ bedeutet schöne Aussicht, Harmonie und Frieden. Er hatte es nachgeschlagen, gleich, nachdem er sich in sie verliebt hatte. Und er war glücklich darüber gewesen und hatte es als gutes Zeichen gesehen, als gutes Zeichen!

Es kommt ihm alles so unfassbar, so unwahrscheinlich vor. Er würde Selma jetzt so gern umarmen, aber sie ist nicht mehr da.

Warum ist alles so gekommen? Vielleicht hatte er sich selbst in eine romanhafte Fantasie von einer glücklichen Ehe erhoben, die in der Wirklichkeit nicht einzulösen war, vielleicht jedoch zerplatzte sein Traum von einer Liebesehe, weil er selbst schuld daran war. Schüttelfrost. Kellergedanken. –

Ich kann das nicht. Ich kann nicht über mich schreiben.

Du musst schreiben, Sprengler, du weißt es. Und du weißt, dass du es selbst so entschieden hast. Es gibt kein Zurück.

Aber wie? Ich bin nicht Rousseau. Wie soll ich den Mut aufbringen?

Das ist dein Problem, du selbst hast dir den Stoff geliefert, nun musst du sehen, wie du ihn bewältigst.

# VERLUST

Mit weichen Knien und einem inneren Frösteln ging Sprengler auf das Polizeigebäude zu. Seine Augen waren dunkel umrandet; er hatte es immerhin geschafft, sich zu rasieren. Nur noch ein paar Schritte bis zum Eingang … Vor der Tür sammelte er sich, schloss die Augen und atmete tief durch, dann trat er über die Schwelle der Wache und schritt auf den Tresen zu.

Telefonklingeln, Stimmengewirr, über allem Lärm erhob sich die keifende Stimme einer alten Frau. Er erfasste nur den Klang, nicht den Inhalt des Gesprochenen.

Ein Beamter mit Hornbrille und Schnurrbart kam auf ihn zu.

»Sie wünschen?«

Er suchte seine Worte zusammen.

»Ich … ich möchte eine Vermisstenanzeige aufgeben.«

»Um wen geht es?«

»Meine Frau ist verschwunden. Sie müssen mir helfen, ich weiß nicht mehr weiter.«

»Seit wann vermissen Sie sie denn?«

»Seit gestern Morgen.«

Der Beamte blieb gelassen.

»Das kommt öfter vor und klärt sich nicht selten von allein auf.«

»Es ist nicht so, wie Sie denken. Meine Frau wollte eine Forschungsreise mit der ›Polarstern‹ machen. Sie war bei der Abfahrt nicht am Anleger. Einer ihrer Kollegen rief mich gestern an, dass sie nicht angekommen ist. Ich habe dann noch abgewartet, jetzt mache ich mir große Sorgen.«

»Haben Sie schon Freunde und Verwandte angerufen?«

»Ja, niemand weiß etwas. Auf dem Handy ist sie auch nicht zu erreichen. Kein Empfang. Hören Sie, das ist nicht Selmas Art. Bitte unternehmen Sie etwas.«

»Haben Sie schon in den Krankenhäusern nachgefragt?«

»Ja, sie ist nirgends eingeliefert worden.«

Er zog ein Foto aus der Brusttasche.

»Hier, das ist meine Frau, sie ist 35 Jahre alt, 1,65 Meter groß und, wie Sie sehen, schlank.«

»Welche Kleidung hat sie getragen?«

»Ich weiß nicht, wir haben uns am Abend verabschiedet. Sie musste um vier Uhr morgens aufstehen. Ich nehme an, sie trug ihren weinroten Anorak, der hängt jedenfalls nicht mehr an der Garderobe, und sicher eine schwarze Jeans, sie trägt fast immer schwarze Jeans.«

»Hat sie ein Taxi genommen?«

»Nein, ich glaube nicht. Ihr Gepäck war schon auf dem Schiff, sie hatte nur noch eine kleine Reisetasche zu Hause. Meine Frau wollte zum Bus gehen, vielleicht hat sie sich ja auch anders entschieden und ein Taxi genommen, das weiß ich nicht.«

»Gut, ich werde jetzt alle Daten aufnehmen. Nach der Anzeigenaufnahme werden wir nochmals die umliegenden Krankenhäuser und auch die Polizeidienststellen überprüfen, ob Ihre Frau eventuell an einem Verkehrsunfall beteiligt war.«

»Und dann?«

»Verläuft die Überprüfung negativ, werden wir die bundesweite Fahndung ausschreiben. Für eine eventuelle Veröffentlichung in den Medien brauche ich noch Ihr Einverständnis.«

»Ich bin einverstanden.«

»Ich muss Sie darauf hinweisen: Sollten wir Ihre Frau ausfindig machen, dürfen wir ihren Aufenthaltsort nicht nennen, sofern Ihre Frau es nicht möchte. Sie hat das Recht, ihn frei zu wählen, ohne Freunde und Verwandte zu informieren.«

Sprengler spürte, wie er zu zittern begann und seine Augenlider unwillkürlich zuckten.

»Beruhigen Sie sich«, sagte der Beamte, »es wird sich schon alles aufklären. Wie gesagt, man muss nicht gleich vom Schlimmsten ausgehen. 50 Prozent der Vermisstenfälle klären sich innerhalb einer Woche gütlich auf. Das sind unsere Erfahrungswerte. Meistens ahnt kaum jemand, was den Vermissten tatsächlich zum Abtauchen bewogen hat. Also, wir informieren Sie umgehend, sobald wir etwas in Erfahrung bringen.«

*

Sprengler verließ das Polizeirevier. Seine Beine trugen ihn ohne sein Zutun zum Kaiserhafen hinunter. Sie gingen die Franziusstraße entlang und betraten die Promenade der Schiffsliegeplätze. Am Anleger der ›Polarstern‹ blieben sie wie von selbst stehen. Hier hätte Selma ankommen wollen, um das Schiff zu besteigen, hier wäre sie die Rampe emporgestiegen und im Bauch des Eisbrechers, in der Höhle der Forschungslabore, verschwunden.

Er starrte auf das Wasser, das grau und undurchsichtig vor ihm lag. Tränen quollen aus seinen Augen, seine Brille beschlug und vernebelte die Umgebung. Ein Stich fuhr ihm durch die Brust, es folgten ein paar unregelmäßige Herzschläge. Ihm wurde übel. Um Gottes willen …

Vom Autodock her ertönten Motorengeräusche und hohes Quietschen von Metall, das aneinanderrieb und sich in Sprenglers Ohren bohrte.

Er presste die Hände an den Kopf, drehte sich um und rannte davon. Er weiß nicht mehr, wie er nach Hause kam.

*

# VERMISSTENANZEIGE

SPRENGLER

Vorname:

Selma

Geburtsdatum:

12.5.1980

Geburtsname:

Johansen

Geburtsort:

Pellworm

Staatsangehörigkeit:

deutsch

Vermisst seit:

22.6.2015

Alter zum Zeitpunkt des Verschwindens:

35 Jahre

Personenbeschreibung:

Größe: 165 cm

Äußere Erscheinung: schlank, brünette, kurze Haare

Sachverhalt:

Die Polizei Bremerhaven fahndet nach der vermissten Selma SPRENGLER

Wer kann Hinweise zum Aufenthaltsort von Selma SPRENGLER geben?

Weitere Informationen zur Fahndung finden Sie auf der Internetseite der Polizei Bremen
www.polizei.bremen.de

Hinweise bitte an die sachbearbeitende

Polizeidienststelle Mitte
Obere Bürger 65
7568 Bremerhaven
*Telefon:* 0471 953 – 3331

oder an das
Bundeskriminalamt Wiesbaden
Kriminaldauerdienst
*Telefon:* 0611 55 – 13101

## Bremerhaven

Seit dem Morgen des 22.06.15 wird die 35-jährige Selma Sprengler vermisst. Nach bisherigen Erkenntnissen ist davon auszugehen, dass sie ihr Haus gegen fünf Uhr morgens verlassen hat, um eine Forschungsreise mit der ›Polarstern‹ anzutreten. Selma Sprengler soll wahrscheinlich mit einem weinroten Anorak und einer schwarzen Jeans bekleidet sein. Sie hat eine hellgraue Reisetasche aus Plastikmaterial dabei und eine schwarze lederne Umschlagtasche in der Größe eines Laptops. Sie ist vermutlich gegen fünf Uhr morgens zu Fuß zur Busstation Wulsdorf-Mitte gegangen, wo sie in den 511er Bus steigen wollte.

Wer kann Hinweise zum Aufenthaltsort von Frau Sprengler geben?

Wo wurde sie, insbesondere am und nach dem 22.06.2015, gesehen?

Zeugen, die Angaben zum Aufenthalt von Selma Sprengler machen können, werden gebeten, sich in der Polizeidienststelle Bremerhaven Mitte unter der Telefonnummer 0471 953 – 3331 oder beim Bundeskriminalamt Wiesbaden, Kriminaldauerdienst unter der Telefonnummer 0611 55 – 13101 zu melden.

# LIEBESRAUSCH

Es hatte doch alles so wunderbar begonnen mit Selma.

Er war aus beruflichen Gründen nach Bremerhaven gefahren, er arbeitete an einem Roman über einen deutschen Auswanderer und hatte im Auswanderermuseum Recherchen zu erledigen. In der Mittagspause schlenderte er durch die Einkaufsstraße, um irgendwo eine Kleinigkeit zu essen. Er blickte durch die leicht beschlagene Scheibe eines Bistros, es machte einen sehr einladenden Eindruck auf ihn, der Raum war mit verschiedenfarbigen Stühlen und kleinen rechteckigen Tischen, die man für größere Gruppen schnell zusammenschieben konnte, möbliert. Die Beleuchtung war angenehmerweise nicht neonblau wie üblich, sondern erhellte den Raum in einem warmweißen Ton.

Das Bistro war gut besucht. Er fand noch einen Tisch am Fenster, er saß am liebsten am Fenster, um sowohl einen Blick in den Gastraum als auch auf die Straße zu haben, er liebte es, Menschen zu beobachten, denn er war stets auf der Suche nach Eigenschaften, die für seine Romanfiguren nützlich sein könnten.

Die junge Frau fiel ihm sofort auf, sie saß ihm schräg gegenüber, nur ein schmaler Gang trennte ihre Tische, vermutlich aß sie mit ihren Kollegen zusammen zu Mittag. Durch das Geschirr- und Besteckgeklapper, durch das Stimmengeraune, das den ganzen Raum erfüllte, drangen Wortfetzen wie »Institut …« und »Projektmittel …« an sein Ohr.

Sprenglers Blick blieb an ihr haften; die junge Frau hielt die Gabel in die Höhe, ihre Lippen bewegten sich, sie schien etwas Lustiges zu erzählen, er konnte nichts verstehen, da die Espressomaschine gerade laut aufzischte, aber sie selbst und alle Tischnachbarn um sie herum lachten auf.

Er versank in ihrem Lachen und fühlte Wärme in seinem Herzen aufsteigen. Ihre tiefblauen Augen strahlten lebendig, ihre Lippen bewegten sich unverkrampft natürlich, sie hatte nichts Gekünsteltes, keinerlei eitles Gebaren an sich.

Er konnte nicht aufhören, sie zu betrachten; sie trug ihr brünettes Haar kurz, was ihr eine sportliche Note verlieh, sie war schlank und eher zierlich gebaut, dennoch wirkte sie energiegeladen und strahlte die Zähigkeit dieses Frauentyps aus. Ihre Armbewegungen waren kraftvoll, sie schnitt ihre Pizza mit festem Messerdruck in mundgerechte Teile und führte sie mit Schwung zum Mund.

Sie trug keinerlei Schminke, er hätte sie sich, wenn er es bedenkt, gar nicht geschminkt vorstellen können, es hätte nicht zu ihr gepasst, sich mit Wimperntusche und Lippenstift zu bemalen, und Make-up hätte ihre natürliche Hautfrische überdeckt.

Wieder ein Auflachen. Er hatte den plötzlichen Impuls, sie zu umarmen.

Sie bemerkte seinen Blick, lächelte ihm freundlich zu, oder war es warm und einladend? Er antwortete mit einem schüchternen Lächeln, von dem er genau wusste, wie dämlich es aussah.

Die Gruppe brach in fröhlicher Stimmung auf. Er hatte kurzen und intensiven Blickkontakt mit ihr, dann ging sie zum Ausgang. Er beobachtete, wie sie in ihre Tasche griff und einen Kartenstapel auf den Tisch im Eingangsbereich legte. Sie drehte sich um und schaute noch einmal zu ihm herüber. In einer plötzlichen Eingebung, so schien es, schritt sie auf ihn zu und überreichte ihm eine Karte.

»Vielleicht haben Sie Interesse zu kommen«, sagte sie, lächelte und verließ das Bistro.

Er hätte ihr gern ›Ich komme, wohin Sie wollen!‹ nachgerufen, traute sich aber nicht. In seinem Innern sirrte es. Wieder und wieder trat ihm die Situation vor Augen, wie sie zurückkam, auf ihn zuschritt und ihm die Karte entgegenreichte, ihn mit ihren blauen, strahlenden Augen anblickte, ihn ansprach und ›Vielleicht haben Sie Interesse‹ sagte, in einem Stimmklang, der sein Herz flirren ließ. Er glaubte nicht, was ihm widerfahren war, denn es war ihm noch nie passiert. Er hatte einige Affären und Verliebtheiten gelebt, es war nie etwas Ernstes, er war all die Jahre Junggeselle geblieben, er hatte nie ernsthaft an Heiraten gedacht, und wenn ihm der Gedanke kam, dann war ihm immer klar gewesen, nur einmal in seinem Leben zu heiraten, und zwar die Richtige.

Jetzt empfand er plötzlich Liebe. Es musste Liebe sein, es fühlte sich alles ganz anders an, da war etwas Tiefes, Erhabenes, Unwiderrufliches, es war ein Gefühl, angekommen zu sein bei dem Menschen, der für einen bestimmt ist. Er fühlte sich glücksdurchstrahlt und konnte es kaum erwarten, sie wiederzusehen.

*

Einen Tag nach der Begegnung war er gezwungen, wegen einer Lesungsveranstaltung nach Hamburg zurückzufahren. Zwei Wochen hatte er zu überbrücken, bis er sie wiedersehen durfte. Immer wieder nahm er die Karte zur Hand. ›Bedrohte Arktis, bedrohte Welt‹, Vortrag von Dr. Selma Johansen, Klimaforscherin. Er hatte noch nie eine Frau mit naturwissenschaftlichem Doktortitel kennengelernt, er muss zugeben, es erstaunte ihn, eine solch schöne Frau mit diesem Beruf verknüpft zu wissen, und er wurde sich des Vorurteils bewusst, das er in sich trug.

Sprengler forschte im Internet. Sie war auf Pellworm geboren, absolvierte ihr Studium der Ozeanografie an der Universität Hamburg. Sie hätte ihm also schon in Hamburg begegnen können. Es wäre möglich gewesen. Sie promovierte, war als wissenschaftliche Mitarbeiterin am Max-Planck-Institut angestellt.

Derzeitig arbeitete sie am Alfred-Wegener-Institut als Expertin für globale Erwärmung.

Sehnsuchtsvoll betrachtete er das eingestellte Foto. Er ertappte sich bei dem Gedanken, den Bildschirm zu küssen. Schließlich startete er den Drucker, druckte das Foto aus und legte es auf seinen Schreibtisch. Der Wunsch, ihre Lippen zu berühren, ließ nicht nach, und er tupfte einen Kuss auf den noch feuchten Druckfarbenmund.

Alles, womit er sich abzulenken versuchte, zeigte keine Wirkung. Er stellte sich vor, sie in seine Arme zu schließen, es war ein schmerzvolles Sehnen, wie er es nie erfahren hatte, er wünschte sich so sehr, in ihrer Nähe zu sein, er liebte sie, er war sich sicher, ihm war, als hätte er sie sein ganzes Leben gesucht. Er hatte sich schon öfter Gedanken gemacht, wie es wäre, wenn er sich einmal verliebte, aber nichts in seiner Fantasie kam diesem Gefühl, das er jetzt in sich trug, gleich. Plötzlich schlug seine Stimmung um. Sicher hat er keinen guten Eindruck auf sie gemacht, er weiß, wie täppisch er wirkt. Was bildet er sich ein? Er macht sich Hoffnungen, es ist lächerlich, sie hat ihm nur ein Kärtchen in die Hand gedrückt. Sie hat dabei gelächelt, sie ist zurückgekommen, zu ihm zurückgekommen und hat ihm persönlich die Karte überreicht, mit einem bezaubernden Lächeln die Karte überreicht.

Die Lesung war ein Fiasko. Er hatte sich noch nie so häufig versprochen wie an jenem Abend. Auf Fragen zum Buch und zu seiner Person antwortete er wirr und unkonzentriert. Kopf und Herz waren bei Selma Johansen.

Endlich war der Tag ihres Vortrages gekommen. Schon am Morgen fieberte Sprengler dem Abend entgegen. Entgegen seiner sonstigen Gewohnheit beschäftigte er sich mit der Frage der richtigen Kleidung. Er zog sein bestes Hemd aus dem Schrank, das schwarze mit den hellgrauen Streifen. Im Hosenstapel fand er glücklicherweise eine nagelneue Jeans, er hatte offensichtlich ihr Vorhandensein vergessen. Plötzlich fragte er sich, wie er einer jungen Frau gegenübertreten und wodurch er jünger wirken könnte. Verunsichert durchsuchte er seine Garderobe. Nach längerem unschlüssigem Hin und Her entschied er sich für den roten Schal und seine Lederjacke. Er breitete alle ausgewählten Kleidungsstücke auf seinem Bett aus, begutachtete die Kombination und war zufrieden.

Er duschte, rasierte sich gründlich, benutzte sein Rasierwasser, das ihm in jenem Moment nicht gefiel, weil es für ihn plötzlich den Duft eines Altherrenwassers verströmte. Er kleidete sich an, verließ die Wohnung und stieg mit klopfendem Herzen und Ameisen im Bauch ins Auto. Etwa zwei Stunden trennten ihn noch von Selma Johansen.

Auf der Autobahn hatte es einen Unfall gegeben. Sprengler bremste ab und schaltete die Warnblinkanlage an. Die Straße wurde vollständig abgesperrt. Er sah auf die Uhr. Er hatte eine Stunde Puffer eingeplant, um auf keinen Fall zu spät zu kommen. Jetzt schnurrte die Zeit dahin. Hektisch und nervös klopften seine Finger auf das Lenkrad. Wann geht es endlich weiter? Der Unfallwagen war bereits abgefahren, nun wurden die verunglückten Wagen auf den Schlepper geladen. Wie lange brauchen sie denn noch? Ständig blickte er zur Uhr. Er saß schon 35 Minuten fest. 35 Minuten! Sie waren immer noch am Aufladen.

Endlich wurde die Sperre aufgehoben. Es hatte alles in allem 55 Minuten gedauert. Sprengler gab Gas. Mit Glück könnte er es noch schaffen.

Er eilte in den Vortragsraum. Das Publikum hatte schon Platz genommen. Das Raumlicht war gedämmt, der Bühnenscheinwerfer auf Selma gerichtet.

Um nicht zu stören, setzte er sich auf den äußersten Platz in der hintersten Reihe. Der Vortragsbeginn verzögerte sich noch eine Weile wegen Mikrofonproblemen.

Sprengler glühte vor Aufregung. Er war froh, unbemerkt im Publikum zu sitzen. Selma trug ein schmal geschnittenes, schlichtes schwarzes Kurzkleid, das nur die Hälfte ihrer Oberschenkel bedeckte. Die blickdichten schwarzen Strumpfhosen gingen in lange schwarze Stiefel über. Über dem Kleid trug sie ein legeres kobaltblaues Jackett, das wunderbar mit der Farbe ihrer Augen harmonierte. Die drei großen blauen Knöpfe waren nicht zugeknöpft, wodurch der V-förmige Ausschnitt des Kleides sichtbar wurde.

Mit fiebrig glänzenden Augen und geröteten Wangen stand sie auf der Bühne. Sprengler litt mit ihr, er kannte dieses Lampenfieber vor einem Auftritt nur allzu gut.

Die technischen Probleme waren behoben. Selma trat ans Mikro, begrüßte die Zuhörer und sprach ein paar einleitende Worte. Sie hatte ihn offensichtlich noch nicht gesehen. Sprengler genoss es, sie unerkannt betrachten zu können. Selma begann mit ihren Ausführungen. Sie sprach vom gravierenden Klimawandel, wie schnell er voranschritt, dass die Erwärmung der vergangenen 50 Jahre mit großer Wahrscheinlichkeit vor allem durch den Menschen, insbesondere durch die ständig steigenden Emissionen von Kohlendioxid, bedingt sei.

»Wenn wir durch unsere Aktivitäten, zum Beispiel durch Verbrennen von Kohle, immer mehr Klimagase in die Atmosphäre entlassen, dann verstärken wir den Treibhauseffekt. Es wird ständig wärmer. Das wiederum führt zu mehr Wetterextremen und weiterem Anstieg des Meeresspiegels …«

Sprengler saß wie verzaubert im Zuschauerraum. Er interessierte sich für alles, worüber sie sprach, selbst wenn sie das Telefonbuch vorgetragen hätte, wäre er fasziniert gewesen.

»Das arktische Klima hat wesentliche Änderungen erfahren. Die erkennbarste davon ist die Abnahme der Meereisbedeckung in den letzten Jahrzehnten. Früher hat mehrjähriges Eis bis zu 90 Prozent des

Nordpolarmeeres bedeckt, heute sind es noch etwa 17 Prozent. Das Eis ist an vielen Stellen so dünn geworden, dass es die Eisbären nicht mehr trägt. Sie verlieren ihren Lebensraum und sind vom Aussterben bedroht.«

Sprengler musste trotz des Themas an ein Schaumbad bei Kerzenschein denken, weil ihre Stimme so warm und rund in ihn eindrang und ihm ein wohliges Gefühl verschaffte.

»Die klimatischen Veränderungen beeinflussen nicht nur die Eisbären, sondern den ganzen Energiehaushalt der Erde, die Gaszusammensetzung der Atmosphäre, Ozeanströmungen, Windsysteme und den Meeresspiegel. Ich werde Ihnen das kurz im Einzelnen erörtern …«

Er hatte sich noch nie näher mit der Problematik der Arktis und des Klimas beschäftigt, jetzt lauschte er den Ausführungen über das schmelzende Eis und die damit verbundenen Auswirkungen auf die ganze Welt. Doch je intensiver er sich bemühte, sich auf den Inhalt des Gesagten zu konzentrieren, desto stärker verlor er sich in ihrem regen Lippenspiel.

»Ich teile die Meinung meines Kollegen und Klimaexperten Mojib Latif. Realistisch betrachtet wird sich die Erde bis zum Ende des Jahrhunderts um mindestens zwei Grad erwärmen. Alles, was diese zwei Grad übersteigt, können wir noch vermeiden. Der Meeresspiegel wird wahrscheinlich um einen halben Meter, im kritischen Fall sogar um einen Meter ansteigen. Viele Menschen könnten dadurch bedingt ihre Heimat verlieren, insbesondere die Menschen auf den tropischen Inseln im Pazifischen und Indischen Ozean. Denn dort reicht schon ein Meeresspiegelanstieg von einigen Dezimetern, um diese Inseln zu überfluten.«

Ein Zuhörer unterbrach: »Was bedeutet der Klimawandel für Deutschland?«

»Wir sollten aufhören, die globale Erwärmung in nationalen Kategorien zu betrachten. Ich werde Ihnen dennoch antworten. Wir haben bereits immer seltener kalte Winter, die später anfangen und früher aufhören. Wenn der Meeresspiegel sich weiter erhöht, wird es auch in Deutschland Überflutungen geben, und es wird nicht nur die Halligen treffen.«

Selma blickte in das Publikum.

»Was kann Deutschland zur Verhinderung einer Klimakatastrophe beitragen? Diese Frage ist viel wichtiger. Deutschland muss einen Beitrag leisten, den Klimawandel durch saubere Energien drastisch einzudämmen. Wir verfügen weltweit über die am besten ausgebildeten Ingenieure. Wir müssen aufgrund unseres Wissens eine Vorreiterfunktion für andere Länder übernehmen.«

Die Veranstaltung näherte sich dem Ende. Selma beantwortete noch einige Fragen. In Sprengler stieg Hitze auf. Wie soll er vorgehen? Wie sie begrüßen? Vielleicht erinnert sie sich gar nicht mehr an ihn? Er macht sich nur lächerlich, wenn er auf sie zugeht.

Selma schloss den Vortrag mit einer Danksagung an Veranstalter und Publikum.

Sie erhielt viel Applaus. Sofort bildete sich eine Menschentraube um sie herum. Unsicher und über die Maßen erregt beobachtete Sprengler das Geschehen. Selma war immer noch vollständig umringt von interessierten Zuhörern, die ein persönliches Wort mit ihr zu wechseln wünschten. Er wartete ab, denn er hatte beschlossen, der Letzte zu sein, um sie zu begrüßen und zu beglückwünschen. Aufgewühlt und gleichzeitig ängstlich beklommen, stand er im Hintergrund. Allmählich leerte sich der Saal, nur noch eine hartnäckige alte Dame, deren Fragerei kein Ende fand, belagerte Selma. Sprengler nahm sich ein Herz und schritt ans Pult. Selmas blaue Meeresaugen richteten sich auf ihn und strahlten ihn an.

»Wie schön, dass Sie gekommen sind.«

Sogleich verabschiedete sie die Dame und wandte sich ihm zu.

Sie lächelte.

»Danke, Sie haben mich erlöst.«

Sprengler spürte nur Leere im Kopf, während sein Herz glühte. Er gab lauter Unsinn von sich, doch Selma verstand die Botschaft hinter der Wirrnis, sie erkannte, dass sich hinter dem Zeugs, das er plapperte, seine Zuneigung verbarg. Sie versuchte, ihm Sicherheit zu schenken, und wartete ab. Er brachte nicht den Mut auf, sie einzuladen, er dachte unentwegt über die richtigen Worte nach, sie kamen nicht über seine Lippen.

Selma begann, ihre Unterlagen zusammenzupacken. Er wollte nicht, dass sie ging, er wollte sie einladen, sein Kopf war leer, der Hals wie zugeschnürt.

Selma nahm ihre Tasche, und unerwartet, als ahnte sie, mit welchen Schwierigkeiten er kämpfte, ergriff sie die Initiative und lud ihn auf ein Glas in die Kneipe nebenan ein. Er stand immer noch sprachlos vor ihr und konnte sein Glück kaum fassen. Endlich gelang es ihm, ein ›Sehr gern, ich freue mich‹ von sich zu geben. Und dann, er spürte es genau, lächelte er wieder sein unvorteilhaftes Lächeln, das so wirkte, als sei er leicht gestört.

Dieser Abend war der Ausgangspunkt für sein Leben mit Selma. Jede nur mögliche freie Minute verbrachten sie seither miteinander. Selma schränkte sogar ihre Arbeit ein und nahm spontan Urlaub, um nach Hamburg zu kommen. Da Sprengler unabhängig arbeitete, besuchte er sie jedoch meist in ihrem Haus in Bremerhaven.

Sprengler denkt an den ersten Abend bei ihr zu Hause. Er saß auf ihrem orangefarbenen Sofa und hielt ein Glas Weißwein in der Hand. Es ertönte argentinische Tangomusik von Piazolla. Selma kam auf ihn zu, setzte sich neben ihn, nahm ihm das Glas aus der Hand und stellte es auf den Couchtisch. Sie strich ihm sanft über die Wange, dann legte sie seine Hand in die ihre und streichelte sein Handinneres. Das Bandoneon sang melancholische Weisen, begleitet von elegischen Tönen der Geige. Selma legte ihre Arme um ihn und küsste ihn lange und intensiv. Die Musik füllte in rhythmischen Erschütterungen des Tangos den Raum und vibrierte in seinem Körper. Die Hände fanden ihren Weg wie von selbst, sie ließen die Dinge geschehen, von denen sie wünschten, dass sie geschahen, bis Selma ihn in ihr Schlafzimmer führte, wo Sprengler seine intensivste und schönste Liebesnacht, die er bis dahin erlebt hatte, verbrachte.

Er muss betonen, es war nicht Sex, der ihn zu Selma zog. Selma übte eine andere Anziehungskraft auf ihn aus, die er nur mit tiefer Liebe bezeichnen konnte. Sie verschmolzen zu einer Person, da war kein Hindernis, sie lebten ineinander, körperlich wie seelisch.

Die erste Zeit der Verliebtheit, in der Selma in Bremerhaven und Sprengler in Hamburg wohnte, machte ihm bewusst, wie sehr sie ihm fehlte, wenn er allein in seiner Wohnung saß, und er wurde sich klar, dass Selma eine große Leere in seinem Leben gefüllt hatte.

Er hatte großes Vertrauen zu ihr, und es schien ihm, als hätte er ihr etwas Unersetzliches zu geben. Selma wollte nur ihn, und sie brauchte ihn, sie konnte ohne ihn nicht leben, das war seine Wahrnehmung. Und auch für ihn war ein Leben ohne sie nicht mehr vorstellbar. Sie waren unzertrennlich.

Als Selma die Bitte an ihn richtete, bei ihr einzuziehen und mit ihr zusammenzuleben, geriet Sprengler in einen Glückstaumel.

Was liebte er am meisten an Selma? Ihre Augen, ihre kurzen Haare, die morgens, wenn sie aufwachte, wie ein Vogelnest in alle Richtungen abstanden, die klare Altstimme, die nichts von jenen hell kindlichen, körperlosen Frauenstimmen hatte, in denen Unsicherheit und Minderwertigkeitsgefühle mitschwangen, Stimmklänge, die deutlich machten, dass eine Frau versäumt hatte, zur Frau zu werden und das kleine schüchterne Mädchen in ihr weiterlebte, aus welchen Gründen auch immer.

Selma war nicht nur eine äußerliche Schönheit, ihre wahre Schönheit lag tiefer, sie zeigte sich in ihrer fraulichen, selbstbewussten und offenen Ausstrahlung, in ihrer Lebensaufgabe, die sie vollkommen ausfüllte. Er bewunderte ihre Offenheit, ihre Zielstrebigkeit und ihr Durchhaltevermögen, sie gab nie auf, sie ließ sich nicht entmutigen, sie fühlte sich berufen, die Welt vor einer Katastrophe zu bewahren. Sie war nicht zu bremsen. Wenn sie eine Idee, einen Plan verfolgte, arbeitete sie ohne Pause, bis sie ihr Vorhaben umgesetzt hatte. Da gab es keine Möglichkeit der Rast oder Muße. Sie rollte ohne Halt ihrem Ziel entgegen.

Selma hatte dennoch Humor. Sie konnte sehr komisch sein und durch ihr Erzähltalent, das die Worte wie geschmeidige Seide aneinanderwebte, brachte sie ihre Zuhörer zum Lachen.

Natürlich, auch Selma hatte ihre schwachen Momente, in Phasen der Niedergeschlagenheit verschloss sich ihr Gesicht und ihre Augen wirkten stumpf und leer. An solchen Tagen versuchte Sprengler, sie in die Arme zu nehmen und zu trösten. Es gelang ihm nur selten. Meist hörte und sah sie ihn nicht, zog sich in ihr Zimmer zurück und kam erst nach Stunden wieder heraus. Erst wenn sie ihren Kummer mit sich allein ausgemacht hatte, trat sie auf ihn zu, schmiegte sich an ihn wie ein Kätzchen und legte ihren Kopf in seine Armkuhle.

Selma scheute sich nicht, ihre Lust zu zeigen, Hemmungen waren ihr fremd. Er konnte sich glücklich schätzen, denn er war niemals ein Draufgänger gewesen, es machte ihn frei und männlich, von Selma begehrt und angenommen zu werden.

Nichts auf der Welt hätte er getan, um dieses Glück zu zerstören, das war seine Überzeugung. Er empfand diese Liebe als Privileg, die wie ein Wunder in sein Leben getreten war.

Später erkannte er den Zusammenhang zwischen Selmas Liebe zu ihm und ihrem Vater. Kurt Johansen ist Besitzer einer Hotelkette. Er betreibt vier Hotels auf verschiedenen nordfriesischen Inseln. Er ist durch und durch ein Geschäftsmann der unangenehmen Art, er zahlt den Angestellten einen Hungerlohn und versucht, an jedem Blatt Klopapier zu sparen. Trotz seiner Riesenumsätze blieb und bleibt auch der Familie sein Geiz nicht erspart. Er ist strikt durchorganisiert und verlangt von allen die sofortige und gewissenhafte Durchführung seiner Anordnungen. Selma und ihr Bruder wurden von vornherein mit dem Ziel erzogen, später eines der Hotels zu führen. Sie lebten in der Enge des Geizes und der Anforderungen, die der Vater an sie stellte.

Selma war aus diesem familiären Gefängnis ausgebrochen. Sie hatte immer schon eine Liebe für die Polarwelt empfunden. Als Kind versäumte sie keine Fernsehdokumentation über Arktis und Antarktis, über Eisbären und Pinguine und hatte den Traum, einmal in die Polarregionen zu reisen. Es gab einen entscheidenden Film, der sie hat Klimaforscherin werden lassen. Es handelte sich um einen Bericht über eine Eisexpertin, die auf einem Eisbrecher in Kanada arbeitete und die Dichte und Brüchigkeit von Eisdecken begutachtete.

Nach dem Abitur stellte Selma sich gegen ihren Vater, ging nach Hamburg und begann, Ozeanografie zu studieren. Der Ehrgeiz und die Disziplin, die sie beim Vater erlernt hatte, mündeten in ihre Karriere als Klimaforscherin. Der Erfolg seiner Tochter besänftigte den Vater. Kurz nachdem Selma ihren Doktortitel erhielt, kaufte er ihr das Haus in Bremerhaven, in dem Sprengler jetzt sitzt.

Selma, mutmaßt Sprengler, liebte Sprengler, weil er alles andere als ein Geschäftsmann war. Selma liebte Sprengler, weil er sich aus Geld nicht viel machte, sie liebte ihn, weil er Bücher schrieb anstatt Zahlen, weil er nichts, aber auch gar nichts mit Gastronomie und dem Ehrgeiz, Geld anzuhäufen, zu tun hatte, weil sie sich mit ihm unterhalten konnte über menschliche Belange, weil sie keinen Befehlston bei ihm zu befürchten hatte, weil er ein zurückhaltender Mann war. Sprengler stellte den Gegenpol zu ihrem Vater dar. Selma liebte ihn von ganzem Herzen. So begann es, sie liebte ihn, so, wie er war, und genoss es, mit einem Künstler zusammenzuleben. Sie glaubte an ihn und munterte ihn auf, wenn er sich wieder einmal infrage stellte.

Sprengler greift zum Bild, das auf seinem Schreibtisch steht, betrachtet Selma und hat das Gefühl, mit ihrem Antlitz zu verschmelzen.

Der Nachbarhund geifert. Autotüren klappen. Der Motor des Golfs springt an. Mittwoch, die Webers fahren zum Tanzkurs. Warum habe ich niemals einen Tanzkurs mit Selma gemacht?

# FLITTERWOCHEN

»Wir heiraten auf dem Pellwormer Leuchtturm!«, rief Selma und umarmte ihn. Es gab keinen anderen Ort, den sie für ihre Heirat akzeptiert hätte.

140 Stufen waren zu erklimmen. Er schnappte nach Luft. Selma lachte. Zunächst machten sie einen Rundgang auf der Aussichtsplattform. Von oben winkten sie der Hochzeitsgesellschaft zu, die am Fuße des Leuchtturms auf sie wartete. Sprengler hielt Selma im Arm, überwältigt vor Glück und der Weite der Landschaft. Weit und offen und glücklich wollte er mit Selma leben, das war sein Wunsch gewesen.

Die kleine Gesellschaft, bestehend aus seiner Mutter und den Schwiegereltern sowie den Trauzeugen, Selmas Freundin Claudia und seinem Autorenkollegen und Freund Klaus, betrat den Trauungsraum, durch dessen kleine Fensterbullaugen ein hellblauer Himmel leuchtete. An der Wand hing ein Rettungsring, schräg darunter ein Steuerrad, daneben war ein grünes Schild mit weißer Aufschrift ›Pellwormer Standesamt‹ an einem Nagel befestigt, der schief aus dem Mauerwerk herausragte. Das rot gestrichene Geländer war mit einem Fischernetz überzogen. Von der Decke hingen Schiffsglocken, Nebelhörner und eine große Petroleumlampe aus Messing.

Sie setzten sich an den rechteckigen Tisch in der Mitte des Raumes. Sprengler blickte auf die mit Rettungsringen bedruckte Tischdecke. Damals lachte er über all die Rettungsringe, die ihn umgaben.

Sie saßen dem Standesbeamten, einem älteren Herrn mit silbergrauer Halbglatze und Bart, gegenüber und gaben sich das Jawort. Jawort, was ist das für ein Wort, was besagt es? Was? Ist es nicht die ewige Treue, die es beinhaltet? Was ist denn ewige Treue? Wo fängt sie an und wo hört sie auf?

Die Feier fand im Gasthaus der Brauteltern statt. Das ganze Hotel war nur für die Hochzeitsgäste reserviert worden. Der Vater hatte sich nicht lumpen lassen, obgleich Selma nicht den Schwiegersohn mitbrachte, den er sich vorgestellt hatte, obwohl er, euphemistisch gesagt, keinerlei herzliche Gefühle zu dem in seinen Augen erfolglosen Schriftstellerbräutigam hegte, der kaum jünger war als er selbst. Der Brautvater erfüllte seine Rolle. Es gehörte sich auf der Insel, eine Hochzeit opulent zu feiern, um das Ansehen der Familie zu wahren.

Selmas Mutter hatte ebenso wenig überschwängliche Begeisterung über die Heiratspläne ihrer Tochter gezeigt. ›Kind, hast du dir das wirklich gut überlegt. Du bist eine attraktive und kluge Frau, du hast ganz andere Möglichkeiten‹, hörte er sie lamentieren, als sie mit Selma in der Küche saß, um Einzelheiten des bevorstehenden Festes zu besprechen.

Dennoch war Sprengler der Gatte der Frau Doktor geworden.

Alles war festlich hergerichtet. Man hatte den Saal im maritimen Stil geschmückt. Fischernetze, Bojen, Rettungsringe, Meeresgetier, Schiffslampen verschönten die Räumlichkeiten. Auf den Tischen standen kunstvolle Buddelschiffe, in denen sich Zwei- und Dreimaster befanden, die in wochenlanger Arbeit von Insulanern angefertigt worden waren. Die weißen Stoffservietten lagen, zu Schiffchen geformt, auf Tellern mit blauem Friesenmuster. In der Tischmitte standen mit Wasser, Sand und Muscheln gefüllte Glasschüsseln, auf deren Wasseroberfläche blaue Schwimmkerzen brannten.

Das ganze Menü war der Meeres- und Insellage angepasst. Krabbensuppe, Krustentiere, gemischte Fischteller, Lammbraten und verschiedene mit Sonnenschirmchen verzierte Desserts wurden von einer Armada von Kellnern in blau-weiß gestreiften Livreen aufgetragen.

In den Pausen zwischen den Gängen trugen Freunde und Verwandte Reden und Gedichte vor; auch vor musikalischen Darbietungen blieb das Paar nicht verschont. Selmas Freunde sangen einen neuen Text auf die Melodie »It's a hard day's night«. Sprengler hat den Wortlaut vergessen, er erinnert sich nur noch an das Schrammeln der verstimmten Gitarre.

Später, nach dem Dessert, erschallte der Hochzeitswalzer. Er schritt mit Selma auf die Tanzfläche. Er musste es tun, es gehörte sich so auf dem Lande, auf der Insel, jeder erwartete es, vor allem Selma. Ein Strauss-Walzer dröhnte in kräftigen Akkorden aus den Lautsprechern der Hammondorgel. Humtata Humtata, Sprengler verhedderten die Beine, er hörte vor Aufregung nicht mehr den Takt der Musik, seine Füße stießen, losgelöst von seinem Kopf, gegen Selmas weiße Schuhe, ein Stolpern, dann der unvermeidliche Abdruck seiner rechten Sohle auf ihrem linken Schuh, der Abdruck, den sie mit einem lauten ›Au‹ besiegelte, doch sie lachte glücklich, sie war glücklich, das war seine Überzeugung.

*

Gleich nach der Hochzeit fuhren sie in die Flitterwochen. Sprengler und Selma waren sehr verschieden, trotz aller Liebe und Verbundenheit, auch wenn sie sich wie ein Herz und eine Seele wahrnahmen und sie sich in dem Irrtum befanden, es zu glauben. Die Verschiedenheit ihrer Wesen und ihrer Bedürfnisse machte sich verstärkt in der Planung der Hochzeitsreise bemerkbar. Sprengler war kein Typ, der gern reiste, wenn es ihn überhaupt in die Ferne zog, bevorzugte er die südlichen Gefilde mit warmem Klima und Sonnenschein, schon seines Rheumas wegen, das ihn immer wieder plagte. Er sah sich von Weingut zu Weingut pilgern, in netten Gasthöfen Rast machen, in die Landschaft schauen und Arm in Arm mit Selma seinen Gedanken nachhängen.

Einen Aufenthalt am Meer hielt er nicht für notwendig, allerdings sträubte er sich nicht dagegen. Er hätte sich eine Reise auf die Kanarischen Inseln oder an die italienische Riviera gut vorstellen können. Selma zog es in den Norden, Selma zog es immer in den Norden, sie wollte nach Skandinavien, am liebsten nach Norwegen, am allerliebsten wahrscheinlich an den Polarkreis, auf jeden Fall ans Meer. Ein Urlaub ohne Meer kam für sie nicht infrage, schon gar nicht in ihren Flitterwochen.

Sprengler verstand es auf eine gewisse Weise, Selma nahm die Welt nur durch die Brille ihres Berufes wahr. Ihm ging es schließlich nicht anders. Wenn er einen Roman schrieb, erfuhr er die ganze Welt nur in Ausschnitten, die mit seiner Geschichte, an der er arbeitete, zusammenhingen. Er las nur Bücher, deren Inhalt und Aussage sein jeweiliges Thema berührten. Blätterte er die Zeitungen durch, stachen ihm jene Artikel in die Augen, die er ohne den Romanfokus gar nicht bemerkt oder nur flüchtig lesend überflogen hätte. Dieses Auswählen bedeutete für ihn, sich die Welt überschaubar zu machen, ihr einen persönlichen Wert zu geben, sich in ihr zurechtzufinden, sie auszuhalten und nicht im Chaos der Ereignisse und Informationen, die niemand verarbeiten kann, der feinfühlig ist, unterzugehen. Geschehnisse, die ihn, Sprengler, erdrücken würden, ließe er jede menschliche Katastrophe in sein Herz hinein.

Sprengler hält inne. Seine Gedanken verdüstern

sich. Inzwischen ist er ausweglos in seiner eigenen Katastrophe gefangen, und die Zeitungsberichte und Bücher, die er liest, haben ihn selbst zum Thema. Dich selbst, Sprengler! Und jetzt schreib weiter.

Selma und er hatten einen Kompromiss geschlossen und sich für die Bretagne entschieden. Selma wählte die raueste bretonische Landschaft, das Finistère. Sie freute sich auf Meer und Brandung, schroffe Felsen und Klippen, außerdem beabsichtigte sie noch, nach Brest ins Institut für Meereskunde zu fahren, um einen wichtigen Kollegen zu treffen. Für Selma gab es keine Trennung zwischen Privatleben und Beruf, nicht einmal auf ihrer Hochzeitsreise. Sie hielt es für selbstverständlich, ohne sich Gedanken darüber zu machen, ob Sprengler es als passend empfand oder nicht. Als Sprengler protestierte, fragte sie, wo denn das Problem läge, und sie schlug vor, er könne den Tag zum Schreiben nutzen.

Trotz Selmas beruflicher Besessenheit verbrachten sie eine wunderschöne Zeit mit Wanderungen auf den von Brombeeren und Wildrosen umsäumten Küstenwegen mit Blick auf das tosende Meer. Sie kehrten in Gasthöfen ein und genossen die bretonische Küche bei Kerzenschein, sie liebten sich in französischen Betten, nicht ohne sich in der Nacht um die Bettdecke zu streiten, was oft zu einem neuen Liebesspiel führte.

Es folgten Ausflüge zu den vielen Leuchttürmen der Bretagne. Selma ließ es sich nicht nehmen, auf jeden Turm hinaufzuklettern.

Auf einem kleinen, bedenklich schaukelnden Fischerboot fuhren sie durch die bewegte See zu einem grauen Ungetüm, das eine architektonische Höhe von 47 Metern aufwies und bedrohlich aus dem Meer ragte. Sie hatten einen Tag abwarten müssen, an dem man überhaupt eine Überfahrt wagen konnte, da eine gefährliche Klippenlandschaft zu passieren war und die Fischer die Touristen nur bei ruhiger See zum Leuchtturm überführten. Ruhige See bedeutete in der Bretagne etwas anderes als an der Ostsee. Als sie auf der Leuchtturminsel ausstiegen, war Sprengler von dem Geschaukel in dem kleinen Boot speiübel.

Der Pellwormer Leuchtturm war nur ein Zwerg gegen diesen bretonischen Riesen. Hunderte von Stufen lagen vor Sprengler. Er quälte sich mit schmerzenden Knien und Atemnot in die Höhe, ohne Sicht auf ein Ende der Tortur. Auf jeder Etage musste er sich ausruhen. Selma hüpfte wie eine Gämse die Wendeltreppe hinauf, sie war gut durchtrainiert, ging jede Woche zur Fitness und hatte für ihre damalige Studienreise in die Arktis Autoreifen die Hügel hinaufgezogen, um später mit der Last der Schlitten fertigzuwerden. Selma kümmerte sich um den Erhalt ihrer Muskelkraft, ihr war es wichtig, stark zu sein, es gehörte zu ihrer Persönlichkeit. Letztlich war ihre Kraft eine Eigenheit von ihr, die Sprengler sehr anzog, sollte er sich beschweren?

Beim Brandungsbaden bei 15 Grad Celsius war seine Grenze erreicht. Selma stürzte sich in die Fluten. Sie lockte ihn hinein, weil sie ihn so sehr bat. Schon seine

Füße starben ab, als sie das Wasser berührten. Tapfer stapfte er weiter, bis seine Knie umspült waren. Jäh wurde er von einer Welle, der er nicht mehr ausweichen konnte, umgeworfen und im eiskalten Wasser umhergewirbelt, mit dem Gefühl des Herzstillstands und seines nahen Endes.

Selma lag im Meeresschaum und lachte. Sprengler, der inzwischen ans Ufer zurückgelaufen war und vor Kälte schlotternd in der Sonne stand, wo er sich in Sicherheit wähnte, brach ebenfalls in Gelächter aus, es war ein jugendliches Lachen, eines, das er nur selten erlebt hatte. Selma kam auf ihn zugelaufen, umarmte und küsste ihn. Diesen salzig seligen Kuss am schäumenden Meeresrand, die Sonne und diesen Kuss, der ihn wieder aufwärmte und durchglühte, und sein eigenes befreites Lachen wird Sprengler niemals vergessen. Nie!

Für Sprengler war der Badespaß beendet, während er für Selma erst begann. Am nächsten Tag kaufte sie sich einen Neopren-Anzug und ein Bodyboard in einem Sportgeschäft. Weder die Tide noch schlechtes Wetter oder zu starke Brandung sprachen gegen einen Strandaufenthalt, und sogleich fuhren sie wieder an den Strand. Sprengler spürte seine Knochen, es war ihm kein angenehmer Gedanke, wieder auf dem Sand zu sitzen.

Selma schlüpfte in ihre schwarze, blau gestreifte Plastikhülle, nahm das Brett unter den Arm und stürzte sich, mehrere Wellen untertauchend, in die

Fluten. Unermüdlich übte sie, eine Woge zu erwischen, um bäuchlings an den Strand zu zischen. Einige Male gelang es ihr. Sie winkte ihm zu und lachte. Ihr Lachen glich den glitzernden Wasserperlen, die auf ihrem Gesicht glänzten, selten hatte er sie so gelöst erlebt, sie spielte wie ein Kind, all ihre Ernsthaftigkeit und der Berufsstress waren von ihr abgefallen wie ein welkes Blütenblatt.

Wenig später unterhielt sie sich mit einem anderen Surfer am Ufer. Sprengler beobachtete den schlanken Mann, dessen Durchtrainiertheit durch seinen neongrünen Anzug leuchtete. Er vollführte mehrere Wellenbewegungen mit dem Arm, zeigte ihr eine Letthaltung und gab augenscheinlich weitere Tipps für das Surfen. Sprengler fühlte sich ausgeschlossen. Er kam sich vor wie der Großvater, der seine Enkelin beaufsichtigte.

Selma kehrte völlig erschöpft und meerestrunken an den Lagerplatz zurück und schälte sich, um ihr Gleichgewicht bemüht, aus dem feuchten Anzug, den sie auf einen Granitfels legte, damit er nicht versandete. Sie nahm ihr Badelaken, schüttelte es aus, trocknete sich ab und kuschelte sich mit ihrem eiskalten Körper an Sprengler, der aufschrie. Selma machte sich daraus einen Spaß und umklammerte ihn.

Die wärmende Sonne löste das Problem. Sie dösten Arm in Arm auf dem Laken, bis sie eingeschlafen waren und nicht bemerkten, wie Wind und Brandung zugenommen hatten. Geschützt hinter einem

Felsvorsprung liegend, erwachten sie erst von Rufen anderer Strandgäste. Im selben Moment überrollte sie die Wellengischt und entriss ihnen die Tasche und alle Strandutensilien, die lose herumlagen. Picknicktüte, Sonnenbrillen, Bücher, Cremetuben wurden fortgeschwemmt. Selma sprang auf, um wenigstens die Tasche mit dem Geld und den Papieren zu retten, die mit dem Rückfluss der Welle ins Meer hineingezogen wurde. Sie rannte ins Wasser und watete hastig in der tosenden Gischt umher.

# TRUNKENHEIT

Als Wasserleiche, liest Sprengler, bezeichnet man den toten Körper eines Menschen, der in einem Gewässer gefunden wurde. Meist ist der Prozess der Verwesung in hohem Maße fortgeschritten. Der schlechte Zustand der Leiche führt zu großen Problemen, den Toten zu identifizieren und Rückschlüsse auf die Todesursache und ein mögliches Verbrechen zu ziehen. In vielen Fällen kann die Rechtsmedizin nur die Zähne, die Kleidungsstücke oder die DNA hinzuziehen, um eine eindeutige Identifizierung zu ermöglichen.

In Shakespeares »Hamlet« ertränkt sich die Figur Ophelia im Wahn.

*

Es klingelte an der Tür. Sprengler schreckte auf. Er rührte sich nicht vom Fleck und lauschte. Es klingelte ein zweites Mal. Er klappte den Laptop zu und schloss die Tür zu seinem Arbeitszimmer ab.

Er lief die Treppe hinunter. Durch die Glasscheibe der Haustür sah er zwei Polizeibeamte, eine Frau und einen Mann. Sein Herz pochte. Gleichzeitig krampfte sich sein Magen zusammen.

»Ja, bitte?«

»Herr Sprengler, nicht wahr?«

»Ja. Haben Sie meine Frau gefunden? Wissen Sie, wo sie ist?«

»Bitte beunruhigen Sie sich nicht im Voraus, noch ist nichts bewiesen. Wir benötigen Ihre Hilfe. Wir haben eine unbekannte weibliche Wasserleiche aufgefunden. Wir glauben, äußere Merkmale entdeckt zu haben, die mit Ihrer Frau, der gesuchten Selma Sprengler, übereinstimmen. Wir brauchen Sie zur eventuellen Bestätigung unserer Annahme, um Klarheit zu gewinnen.«

Sprengler wurde kreidebleich.

»Könnten Sie gleich mitkommen? Die Leiche liegt in der Rechtsmedizin. Wir fahren Sie und bringen Sie auch wieder nach Hause.«

Seine Kehle verengte sich. Er schluckte. In seinen Ohren pfiff ein lauter Piepton.

»Gut, ich komme mit«, quälte er mit belegter Stimme hervor.

»Danke, wir können es Ihnen leider nicht ersparen. Hoffen wir, dass es sich nicht um Ihre Frau handelt«, sagte die Polizistin.

Sprengler zog seine Lederjacke über. Sie lag drückend auf seinen Schultern.

Die Fahrt verlief schweigsam. Sprengler blickte aus dem Fenster, ohne etwas wahrzunehmen. Autos, Straßenlaternen, Verkehrsschilder, Passanten, Fahrradfahrer rauschten an ihm vorüber wie verschleiert. Auch die Fahrgeräusche hörte er nur gedämpft wie in weiter Ferne. Er befand sich in einer Art Paralyse. Er verstand nicht, was mit ihm geschah, er begriff alles als eine Fügung des Schicksals, derer er sich nicht erwehren konnte.

Die Beamten führten ihn in die Gerichtsmedizin. Der kühle Raum war einer Badeanstalt ähnlich gekachelt. Es folgte eine kurze Begrüßung und einige erklärende Worte. Dann wurde die Leiche der Frau auf einer Bahre aus der Kühlkammer gerollt.

Der Pathologe deckte das Tuch ab. Sprenglers Atem stockte. Die Leiche sah Selma trotz der Aufgedunsenheit verblüffend ähnlich. Die Haare, die Kopfform, Nase und Mundpartie … Er fühlte Übelkeit in sich aufsteigen. Er nickte bejahend und wendete sich schnell ab.

»Kommen Sie«, sagte der Beamte, »alles andere können wir im Büro besprechen.«

»Möchten Sie Kaffee?«

Sprengler verneinte. Er starrte ins Leere. Seine Gedanken rüttelten an ihm. Was geschieht hier mit mir? In welches Szenario bin ich geraten? Das ist Irrsinn, das ist vollkommener Irrsinn. Er unterdrückte ein schmerzendes Lachen, das in ihm aufstieg. Stattdessen traten ihm beißende Tränen in die Augen.

»Ihre Frau wurde in der Geeste gefunden, es mag Sie vielleicht ein wenig trösten, es sind keinerlei Verletzungen an der Leiche aufgefunden worden, die auf einen Gewaltakt hindeuten. Man hat Alkohol im Blut entdeckt, wir gehen zunächst davon aus, dass es sich um Selbstmord oder einen Unfall gehandelt hat. Vermutlich hat sie sich fast bis zur Besinnungslosigkeit betrunken, um dann ins Wasser zu gehen, oder sie ist hineingefallen. Dennoch können wir auch einen Mord nicht ausschließen. Sie könnte geschubst worden sein. Das Rätsel, das wir ferner zu lösen haben, ist, wohin ihre Taschen verschwunden sind. Vielleicht liegen sie irgendwo im Fluss. Wir werden suchen, wir brauchen jedes Beweismaterial, um einen Mord auszuschließen oder ihn aufgrund neuer Spuren in Betracht zu ziehen. Hatte Ihre Frau Feinde? Oder Neigung zu Depressionen? Oder hatten Sie schwerwiegende familiäre Probleme?«

»Nein, weder das eine noch das andere. – Wieso ist sie denn nicht direkt zum Schiff gefahren? Selma trank kaum, wieso war sie betrunken? Wieso hat man sie in der Geeste gefunden?«

»Das können wir zurzeit nicht beantworten.«

»Herr Sprengler, wo haben Sie sich am 22.6. seit dem frühen Morgen aufgehalten?«

»Sie verdächtigen *mich*?«

»Ich muss Ihnen diese Frage stellen. Wir müssen alle Möglichkeiten bedenken. Aber betrachten Sie meine Frage bitte als Formsache.«

»Ich war den ganzen Tag zu Hause. Ich habe den Anruf des Kollegen angenommen. Wenig später kam der Brötchenbote, ansonsten fragen Sie meinen Nachbarn. Er hat mich sicherlich gesehen.«

»Gut, wir werden dem nachgehen. Ihre Frau ist übrigens ab morgen zur Beisetzung freigegeben. Wir bringen Sie jetzt erst einmal nach Hause. Oder möchten Sie zu einem Verwandten oder Freund gefahren werden?«

»Nein, nach Hause bitte.«

»Wenn Sie Hilfe brauchen, rufen Sie uns an.«

*

Sprengler schloss die Haustür auf, stürzte zur Kloschüssel und übergab sich. Er wusste nicht, wie lange er über das Becken gebeugt hing. Er spie und spie. Ihm brannten Hals und Rachen. Als sich die Krämpfe endlich legten, überkam ihn das Gefühl, nicht mehr weiterzukönnen. Er rutschte auf den Boden hinunter und hockte an die Fliesen gelehnt. Was geschah hier, was geschah mit ihm? Er musste die Beerdigung organisieren. Wie sollte er das bewältigen? Er wischte sich über den Mund und blieb sitzen, wo er war. Alles roch nach Erbrochenem. Er hörte, wie in der Küche der Kühlschrank ansprang. Sprengler hielt sich die Ohren zu. Das Surren war bereits in sein Hirn gedrungen und tönte ohne Unterlass weiter.

*

Weser-Kurier:

**Grausiger Fund in der Geeste**

Am vergangenen Donnerstag hat ein Spaziergänger in den frühen Morgenstunden eine Wasserleiche in der Geeste entdeckt. Er verständigte sofort die Polizei. Die Frau wurde von der Feuerwehr aus dem Wasser geborgen und ins rechtsmedizinische Institut gebracht.

Die Obduktion ergab Ertrinken als wahrscheinliche Todesursache. Es gibt keine Hinweise auf Fremdverschulden, so die Polizei. Wie es zum Ertrinken der Frau hat kommen können, steht noch nicht fest. Für ein Gewaltverbrechen fehlen nach derzeitigem Kenntnisstand die Indizien. Vielmehr dürfte es sich um einen tragischen Unglücksfall handeln.

Die Frau konnte inzwischen identifiziert werden. Es handelt sich um die seit wenigen Tagen vermisste Klimaforscherin Selma S.

Sprengler liest auch die Artikel in den »Bremer Nachrichten« und in der »Nordsee-Zeitung«. Er weiß nicht, warum er sich das antut. Er weiß überhaupt nichts mehr. Er liest diese Zeilen und fühlt sich nicht angesprochen, als ginge es gar nicht um Selma oder um ihn. Er schiebt die Zeilen immer weiter aus seinem Hirn, immer weiter, bis seine Gedanken in die Vergangenheit rutschen, bis er wieder in der Lage ist zu schreiben.

# VERÄNDERUNG

Als Sprengler bei Selma einzog, kamen einige Veränderungen in seinem Alltag auf ihn zu. Er, der zuvor in einer kleinen Hinterhofwohnung in Hamburg-Altona hauste und die Wohnung niemals gewechselt hatte, zog nun in ein ordentliches Bremerhavener Siedlungshaus im Stil der siebziger Jahre, mit gelb verklinkertem Mauerwerk und mahagoniholzumrahmten Fenstern, kleinem Vorgarten und Garage, begleitet von all den nachbarlichen Geschmacksverirrungen, die in einer solchen Gegend dazugehören. Die Grundstücke sind durch Thujahecken eingegrenzt, als würde jedes Haus auf einer Friedhofsparzelle stehen, die Plattenwege fein säuberlich mit Unkraut-Ex behandelt und druckgestrahlt, es handelt sich um graue Gehwegplatten, Waschbeton oder rote, rechteckige Klinkersteine, die jedes Grundstück in eine Monotonie der Biederkeit verwandeln, aus der ein paar von Stiefmütterchen oder mit Tagetes umrahmte grinsende Gartenzwerge oder Rehlein herauslugen, die, versteht sich, abends von Lichterkettchen in allen Farb- und Blinkvariationen beleuchtet werden. Hier und da ragt ein Fahnenmast in die Höhe, mit der Deutschland- oder Werder-Bremen-Fahne bestückt. Natürlich fehlen auch die

Hunde nicht, die nicht nur im Garten kläffen. Sprengler war von Hamburg einiges gewohnt, die Siedlungsmenschen übertreffen seine Erfahrungen. Sie scheinen sich eines Unrechts gar nicht bewusst, sie lassen ihre Hunde am helllichten Tag ihre Kotwürste vor die Gartenpforte des Nachbarn machen. Auch das Kläffen der Hunde zu unterbinden, hält kaum jemand für nötig.

Hör auf, Sprengler, wohin entgleitest du? Wovon willst du ablenken?

Schreib das Wesentliche.

Sprengler stand mit dem Umzugswagen vor der Tür. In Altona hatte er in einer Bücherwohnung gelebt, es gab keine Wand, die nicht mit Regalen bestückt gewesen war und in doppelten Reihen seine Schätze beherbergte. Er hatte einmal über einen Mann gelesen, der von seinen Büchern erschlagen worden war, weil er die Regale überlastet und zudem nicht fachgerecht in der Wand verankert hatte. Auch Sprengler benutzte wackelige, unbefestigte Plastikregale. Er war glücklicherweise dieser Todesart entkommen, auch zukünftig, denn Selma bat ihn, seine Regale dem Sperrmüll zu überlassen. Als Ersatz bot sie ihm an, gute Holzregale zu kaufen. Selma duldete keine Halbheiten. Selma gefiel ohnehin sein Mobiliar nicht, aber von den anderen Möbeln, dem alten Schreibtisch des Großvaters, seiner Couch, zwei Sesseln und dem alten Nussbaumkleiderschrank, trennte er sich nicht.

Niemals hätte er sich von seinen Büchern getrennt, niemals, obwohl Selma ihn gebeten hatte auszusortieren. Seine Bücher bargen sein Leben. Sie enthielten Merkzettel, die wie Hahnenkämme aus den Seiten aufragten, hier und da Eselsohren, Bleistiftanstreichungen, Pfeile, Kreuze, Punkte, Randnotizen, sie lebten, waren lebendig, und wenn er sie in die Hand nahm, trugen sie seine Spuren, Lesespuren, die ihm zeigten, wer er war und was ihn bewegte. Nein, von seinen Büchern hätte er sich nicht getrennt, genauso wenig wie er zum E-Book-Leser werden würde. Natürlich hatte er es ausprobiert, schließlich kamen auch seine Romane als E-Book heraus. Er empfand das Bildschirm-Lesen als unsinnlich und anonym. Sprengler liebte seinen Bleistift, das Papier, das er hin und her blättern oder knicken konnte, er brauchte das Gefühl, Teil seiner Bücher zu sein, darin zu leben und seine Spuren zu hinterlassen.

Er erhielt das große Zimmer im ersten Stock mit dem Westfenster, durch das man auf Niemeyers Grundstück schaute. Die 4.000 Bücher, die er mitbrachte, erforderten viel Platz. Sie hatten 40 Zentimeter tiefe Buchenregale ausgewählt, die bis an die Zimmerdecke stießen. Sprengler brauchte Tage, bis er die vielen Bücherkartons ausgepackt hatte, denn nahm er ein Buch in die Hand, reizte es ihn, darin zu blättern und seine damaligen Anstreichungen und Unterstreichungen zu lesen. Gleichermaßen war es ihm schon beim Einpacken ergangen und er war in große Zeitnot geraten.

Es war Selmas Wunsch, mit Sprengler zusammenzuziehen, auch wenn seine Lebensart eine andere war, zumindest hätte sie das Leben in Altona mit ihm nicht teilen mögen, aber sie freute sich, mit ihm in ihrem Haus zu wohnen. Auch Sprengler hielt es nicht für problematisch, denn er hatte kein anderes Bedürfnis, als mit Selma zusammenzuleben. Was das bedeutete, hatte er nicht geahnt.

›Ein Mensch kann einen anderen Menschen dadurch vernichten‹, schreibt Sandor Marai, ›dass er ihn nicht loslässt, ihn aber auch nicht ganz zu sich lässt, ihn an sich bindet und der Welt nicht zurückgibt, ihn aber zugleich nicht nahe an sich heranlässt, keinerlei Bund mit ihm schließt. Wer so ausgewählt und von der Welt getrennt wird, geht zugrunde.‹

# BEISETZUNG

Sprengler saß im Kundensessel des Beerdigungsunternehmens. Der Raum war gedämpft beleuchtet, wahrscheinlich versuchte man, die verquollenen Augen der Trauernden zu kaschieren. Er fühlte sich in dem schwarzen Ledersessel mit Blick auf den talgigen Beerdigungsunternehmer in seinem schwarzen Anzug und dem dazugehörigen Beileidslächeln so, als ginge es um seine eigene, um Sprenglers Beerdigung.

Die notwendigen Fragen wurden gestellt. Die Stimme des Mannes klang ätherisch, er sprach in einem erlernten, routiniert sanften Ton, der durch den Raum schwang wie von einem Gazeschleier umhüllt. Sprengler fühlte sich von diesem Klang bedrängt und vereinnahmt, am liebsten wäre er geflüchtet, aber er wusste, er würde hier sitzen bleiben und ausharren müssen, bis alle organisatorischen Dinge geregelt waren.

Er hatte zwischen diversen Sargausfertigungen zu entscheiden. Kiefer, Kernbuche, Wildbuche, Eiche, schlicht oder mit Intarsien verziert, matt lackiert, glänzend lackiert …

Welchen Sarg würde er für sich selbst wählen?

Buche matt, schlicht.

Welche Blumen? Farbe?

Selmas Blumen. Eine bunte Mischung aus Rottönen in allen Schattierungen.

Sprengler ertrug es nicht länger.

»Hören Sie, ich lege alles in Ihre Hände, Sie werden das schon machen.«

Sprengler floh auf die Straße. Er rang nach Luft. In welche Situation war er geraten? Er fühlte sich wie in einem Film, der nicht gestoppt werden kann. Er wollte das nicht. Er will das nicht. Sprengler will das nicht!!! Wo ist der Knopf zum Ausschalten, wo kann man die Leinwand in tiefes Dunkel stürzen, alles unsichtbar und ungeschehen machen?

Sprengler setzte sich auf eine Bank und vergrub das Gesicht in den Händen. Die Bilder und Gedanken pulsierten weiter. Keine Dunkelheit der Welt, keine Schwärze vor seinen Augen konnte den Film abbrechen. Szene für Szene reihte sich aneinander.

In drei Tagen ist ihre Beerdigung. Die ganze Familie wird anreisen. Er dachte an das Gespräch mit dem Pastor. Grauen überlief ihn.

*

Sprengler verbrachte die Tage bis zur Beerdigung allein. Er hatte der Familie unmissverständlich deutlich gemacht, dass er keine Beileidsbesuche in seinem Haus wünschte. Es durfte nicht sein, er hätte es nicht ausgehalten, allein der Gedanke daran, Selmas oder seine Mutter im ganzen Haus herumlaufen zu sehen, erfüllte ihn mit Entsetzen.

Am Tag der Beisetzung zwängte Sprengler sich in seinen schwarzen Anzug, der sein Hochzeitsanzug gewesen war und den er später für Lesungen verwendet hatte, die in vornehmerem Rahmen stattfanden. Er saß ihm an Bauch und Schultern zu eng. Die Hose ließ sich nur mit Mühe zuknöpfen und rutschte sogleich unter die gewölbte Bauchmasse, das Jackett ließ sich auch nicht mehr schließen, ohne zu sperren.

Die Kirchenglocken schlugen ihm in die Ohren. Sprengler saß in der ersten Reihe der Kirchenbänke. Es erleichterte ihn, die vielen Trauernden in seinem Rücken zu wissen, niemand außer dem Pastor vermochte ihm ins Gesicht zu sehen. Zudem hatte er seine Augen unter einer Sonnenbrille versteckt, es war der größtmögliche Schutz, der ihm eingefallen war.

Der Sarg stand, mit Blumengestecken, Kränzen und Trauerschleifen geschmückt, auf dem Altar. Durch die Sonnenbrille traten Sprengler die Buchstaben auf bräunlich verdunkelten Schleifenbändern vor Augen. Ohne es zu beabsichtigen, las er einen Spruch nach dem anderen.

*Aber die Liebe bleibt*
*Alles Liebe, da, wo du jetzt bist*
*Danke, dass es Dich gab*
*Danke für deine Liebe*

*Danke für die schöne Zeit*
*Für uns alle unfassbar*
*In ewigem Gedenken*
*In ewiger Liebe*
*In ewiger Verbundenheit*
*In Liebe und tiefem Schmerz*
*Die Liebe ist stärker als der Tod*
*Ein Abschied, aber kein Vergessen*
*Du bist gegangen und bleibst*
*Du bist überall, wo ich bin*
*Deine Spuren überdauern den Schnee*
*Deine Spuren überdauern den Schnee*
*Deine Spuren überdauern den Schnee*

Sprengler blieb an diesem Satz haften. Die Orgel ertönte. Schluchzer mischten sich unter die langgezogenen Akkorde. Er schloss die Augen. Ihn schwindelte. Die Stimme des Pastors erklang. Selmas Leben zog an Sprengler vorbei. Hatte er dem Pastor nur Unwesentliches erzählt oder hatte dieser aus seinen Informationen eine jener nichtssagenden Predigten daraus getextet? Sprengler erinnerte sich nicht mehr an das, was er ihm von Selma mitgeteilt hatte, er erinnerte sich nur an den Regen, der bei dem Gespräch an die Scheibe prasselte, und an seinen Wunsch, das Büro des Pastors so schnell wie möglich wieder zu verlassen. Er konnte sich letztlich nicht vorstellen, in der Verfassung, in der er sich befand, etwas Tiefsinniges über Selma preisgegeben zu haben.

Er saß in der Kirchenbank und hörte Wörter, die sich, sobald er sie gehört hatte, verflüchtigten.

Junge Frau ... Erinnerung ... Andenken ... unbegreiflich ... tragisch ... wir gedenken ... der Herr wird ... Liebe ... Himmelreich und ... Erden.

AAAAAmen.

Der Sarg wurde angehoben. Die Trauergemeinde begab sich zum Friedhof. Vogelgezwitscher, Zwitschern, Zwitschern, ein bedeckter Tag, feuchtwarm, die Vögel lieben das, sie singen, tirilieren, ihnen ist der Tod egal.

Sprengler stand vor der Grube, von innen und außen eingezwängt. Er war froh, die Sonnenbrille über seinen Augen zu wissen, denn er spürte, wie sie ihn beobachteten, wie sie versuchten, durch das Dunkel der Gläser hindurch seine Tränen zu erkennen, die unter dem Schwarz aufquellen sollten. Sprengler weinte nicht, seine Augen blieben trocken hinter der Sonnenbrille, es liefen ihm keine Trauertränen die Wangen hinunter.

Wie sehen die anderen mich, fragte er sich. Sie werden mich für herzlos halten. Spielte das eine Rolle? Es brauchte ihn nicht zu kümmern, jeder trauerte auf seine Weise, die meisten Tränen, die auf Beerdigungen fließen, sind einfach nur dem Gesang und der Orgelmusik oder der Angst vor dem Tod geschuldet. Sprengler weinte nicht. Seine Gefühle waren vereist. Sprengler befand sich im Abgrund seines eigenen Unglücks.

Er war dabei, Selma zu beerdigen, er bemühte sich,

ein würdiger Ehemann zu sein, er warf Selmas Lieblingsblumen ins Grab, sie fielen mit einem raschelnden Geräusch auf den Sarg, auf Buche matt. Er schüttelte Hände, er nahm die Beileidsbekundungen, wie alle es erwarteten, entgegen, und er wird auch die vielen Trauerkarten, die seinen Schreibtisch überborden lassen, beantworten. Sprengler wird der Norm entsprechen und niemanden enttäuschen.

Die Trauernden meinten es gut mit ihm, aber sie begriffen nicht, dass er kein Beileid wünschte, sondern in Frieden gelassen und nicht mehr angesprochen werden wollte, und er hoffte, ihre mitleidigen Augen würden sich nicht mehr auf ihn richten. Sie glaubten, ihm einen Liebesdienst zu erweisen, aber er empfand all ihr Gehabe als taktlos und aufdringlich. Was will ich hier, was, schrie es in ihm.

Was hätte Selma zu diesem Szenario gesagt, schoss es ihm bei der Umarmung seiner Mutter durch den Kopf. Plötzlich empfand er echten Schmerz, plötzlich, beim Kuss der Mutter auf seine Wange, es war eine Berührung, die ihn an seine Kindheit erinnerte, spürte er die grausame Wahrheit. Selma war tot, tot, und diese Beerdigung besiegelte es.

Sprengler saß an der Kaffeetafel. Die Nusstorte lag ihm wie ein Stein im Magen. Er trank bereits die sechste Tasse Kaffee. Seine Hände flatterten und sein Herz pochte doppelt so schnell wie üblich. Er hatte das Gefühl, innerlich zu zerbersten.

Die ganze Feier über war er wortkarg. Man sah es ihm nach und fand tröstende Worte, die von Schulterklopfen begleitet waren. Lass dir Zeit, Olaf, das alles ist schwer zu verkraften … Wenn du Hilfe brauchst, du weißt … Ruf mich an … jederzeit … Ich komm vorbei … Es tut sehr weh … sie war so … das wissen wir … ruh dich aus … wie gesagt … wenn … also … immer … nicht wahr … scheu dich nicht, uns …

Sprengler war dankbar, als erste Lacher erschallten, die die traurig betretene Stimmung weichen ließen. Er zählte die Minuten, bis er die Feierlichkeiten überstanden hatte. Er sehnte sich danach, sich endlich zurückziehen zu können, die Decke über seinen Kopf zu ziehen, um sich vor sich selbst zu verbergen. Die ganze Situation überstieg seine Kräfte.

*

Sprengler ist erschöpft. Er will nicht mehr weiterschreiben. Er fürchtet sich vor dem Buch, das er im Begriff ist zu verfassen. Warum will er es gebären, warum? Weil sein Gewissen ihn nicht ruhen lässt, weil er ein Getriebener ist, weil er an den Erfolg des Buches glaubt. Du willst dieses Buch, Sprengler, du willst es! Kann er diese Stimmung in einem Roman wiedergeben? Bei fast jeder Seite, die er formuliert, wünschte er, er müsste sie nicht verfassen, aber er setzt sich über seinen Widerstand hinweg. Es ist seine innere Stimme, von der er getrieben wird. Warum glaubt er an seinen

Erfolg, warum? Es ist reines Wunschdenken. Und er wird keinerlei Erleichterung empfinden, wenn er es beendet haben wird, er wird Selma niemals vergessen können. Dennoch muss er weiterschreiben. Er hat einen Stoff gefunden, der ihm keine Wahl lässt.

# ZWEITER SATZ

# EIGENSUCHT

Damals, am Anfang ihrer Liebe, schlich sich bei Sprengler allmählich die Furcht ein, Selma könne einen anderen Mann kennenlernen, während er sich in Hamburg aufhielt. Dieses Gefühl, diese schwelende Unruhe, war neu für ihn. Sein ganzes Leben zuvor war er nur mit Frauen zusammen, die in ihm keine Verlustangst erregten, weil es ihm nichts ausgemacht hätte, wenn sie sich von ihm getrennt hätten. Mit Selma fand er eine Frau, die er niemals wieder verlieren wollte. Er konnte den Gedanken, von ihr verlassen zu werden, nicht ertragen.

Es war auf der Hochzeitsfeier, als Selma nach dem Brautpaarwalzer einen anderen Tanzpartner aufforderte. Sie lief sofort auf Heiner Schult zu, er war ihre erste große Liebe gewesen. Selma hatte Sprengler viel von Heiner erzählt; schon beim Durchblättern ihrer Fotoalben war ihm nicht wohl gewesen, ihn an ihrer Seite zu sehen.

Selma tanzte, nein, sie schwebte mit Heiner über die Fläche, den Körper leicht nach hinten geneigt, flog sie wie ein Engel über das Parkett. Sprenglers Blick verfolgte das glückliche Paar bei jeder Drehung. Ein Schmerz nagte an ihm, der sich immer tiefer fraß.

Er ertrug es nicht länger, seine Frau in den Armen dieses Mannes zu sehen. Er schritt auf die Tanzfläche, drängte sich zwischen die Tanzenden und entriss Heiner die Braut. Sprengler tat so, als ob es lustig wäre, aber für ihn war es nicht lustig.

Sprengler ging diese Szene nicht mehr aus dem Kopf. Da war etwas, was ihn bedrohte, er kann nicht sagen, was es war. Plötzlich fragte er sich, was er überhaupt über Selma wusste. Hatte sie ihm alles erzählt? Konnte er denn sicher sein, dass sie ihn nicht belog? Woher sollte er das wissen?

Er begann, in ihrer Abwesenheit ihr Zimmer zu durchstöbern. Selma war sehr ordentlich, jedes Detail hatte seinen angemessenen Platz. Auch in den Schränken herrschte niemals Unordnung. Die Kleidung lag sauber gestapelt und sortiert auf den Regalen. Ebenso penibel hatte sie ihre Arbeitsunterlagen und Schriftstücke geordnet, nie lag etwas auf ihrem Schreibtisch herum. Ich kann im Durcheinander nicht denken, meinte sie, ich brauche Aufgeräumtheit und eine leere Arbeitsfläche.

Sprengler ging vor wie ein Dieb, bemüht, keine Spuren zu hinterlassen. Er fand zwei Schuhkartons mit Briefen und Postkarten gefüllt. Der weiße Karton enthielt eine bunte Sammlung von belanglosen Briefen und Glückwunschkarten von Freunden und Verwandten, die er vorsichtig sichtete, ohne die Reihenfolge durcheinanderzubringen. Im grünen Karton bewahrte sie vier jeweils mit einem Gummiband zusammengehaltene Briefstapel auf, deren Absender Männer waren. Einer der Stapel enthielt seine eigenen Briefe an Selma. Er fühlte sich unwohl, sie zusammen mit den drei anderen Liebhabern platziert zu wissen.

Als Erstes las er die Briefe von Heiner Schult. Sie waren stilistisch unbeholfen verfasst, Schult war nicht einmal der Rechtschreibung kundig, doch er schrieb mit Herz. Seine Worte berührten Sprengler, in einer Weise, wie sie sicher Selma berührt hatten. Sprengler las die gefühlvollen Zeilen des jungen Mannes, die seine Fantasie mehr und mehr anfachten, ohne es verhindern zu können. Er sah Selma mit Schult im Gras liegen, beobachtete, wie sie sich im Boot aneinanderschmiegten und erste geschlechtliche Erkundungen unternahmen. Er blickte in ihre geröteten Gesichter, spürte ihren schnell gehenden Atem und ihre Hände, die über den Körper wanderten und ihre jungfräuliche Lust anheizte.

Sprengler las sämtliche Briefe aus allen vier Stapeln. Am Ende des Tages fühlte er sich, als hätte er Selma verloren. Seine eigenen Liebesbriefe vermochten dieses Gefühl nicht aufzuheben, denn er nahm sie nur als dilettantisches, kitschiges Geschreibsel wahr, eines Schriftstellers nicht würdig. Alle anderen Männer hatten ihre Gefühle wahrhaftiger ausgedrückt als Sprengler, der sich Autor nannte.

*

Die Zeit der großen Verliebtheit war vorübergegangen. Sie geht immer vorüber, weil sie auf Dauer gar nicht auszuhalten und lebbar ist. Sprengler sah darin eine Gefahr. Seine Ehe lief nicht so, wie er es sich vorgestellt hatte. Selma brauchte ihn nicht, um leben zu können, sie lebte autark, vor allem, was ihre Arbeit betraf. Sie war intelligent und mutig, alle Kollegen schätzten sie. Sie hatte es sich selbst zu verdanken, Sprengler hatte keinen Anteil daran. Sprengler ging ihr ganzes Gehabe mit dem Institut und dem Klimawandel auf die Nerven. Was wollte Sprengler? Er wollte Selma für sich allein. Er wünschte, der Mittelpunkt in ihrem Leben zu sein, doch er wurde anders geliebt, als er es sich vorgestellt hatte, er musste Selma teilen.

Selma machte viele Überstunden und übernahm zusätzliche Projekte und Vorträge. An den Wochenenden lag sie von Artikeln und Blättern umgeben auf dem Sofa und arbeitete die Texte durch, um, wie sie sagte, auf dem Laufenden zu bleiben und gegebenenfalls Gedanken und Erkenntnisse in ihre Vorträge einzuarbeiten.

Sprengler freute sich immer weniger auf die Wochenenden. Zuvor hatten sie oft einen Vormittag im Bett verbracht, danach gemütlich gefrühstückt, worauf sie flanieren oder bummeln gingen. Am Abend duftete die Küche nach erlesenen Speisen. Selma kochte sehr gern, so war es damals. Sie kochte chinesisch, italienisch, griechisch, französisch. Sie kaufte nur gute Zutaten, suchte mit großer Kenntnis Gemüse und Obst,

Fleisch und Geflügel aus, wählte verschiedene Reis- und Nudelsorten oder die für ein Gericht am besten geeignete Kartoffel aus, stimmte alles aufeinander ab, um die fertige Mahlzeit zu seiner großen Freude als kulinarisches Kunstwerk auf den Tellern anzurichten.

Sprengler ging ihr bei der Vorbereitung der Menüs zur Hand. Selmas besondere Vorstellungen machten es ihm schwer. Er schnippelte die Möhren zu klein oder zu groß, wusch den Salat unzureichend, rührte die Vinaigrette falsch an. Er war, das muss Sprengler zugeben, in vielen handwerklichen Dingen unbegabt und linkisch, nicht nur, was das Zubereiten von Gemüse anging.

Am Abend saßen sie bei Kerzenschein in der Küche und genossen das Essen und den freien Abend. Es waren stets harmonische Stunden mit innigen Gesprächen.

Selma arbeitete immer mehr, und die Wochenenden wurden eintönig. Manches Mal aßen sie nur eine Stulle und ein bisschen Salat, weil Selma beschäftigt war. Sprengler fühlte sich nicht für den Haushalt und das Kochen verantwortlich, er verstand sich lediglich als Küchengehilfe, der auf Selmas Anordnung Arbeiten verrichtete. Sprengler sehnte sich danach, gemeinsame Zeit mit Selma zu verbringen. Er versuchte, sie von der Institutsarbeit abzuhalten, weil er seinerseits keinen Drang verspürte, zu schreiben, weil er die Zeit verstreichen ließ, in der sein nächster Roman hätte vorankommen können, denn er hatte keine Ideen mehr, die er hätte zu einem Text formen können. Nach dem Erscheinen seines Auswandererromans war alle Motivation und Inspiration aus ihm gewichen. Ein anderer Grund für seine Krise war ihm nicht bewusst.

Der Verkauf des Buches lief nur schleppend. Sprengler schob es auf eklatante Marketingfehler. Die Vertreterkonferenz hatte seinen vorgeschlagenen Titel und das Cover, das sein Lektor und er für erfolgversprechend hielten, abgelehnt. Statt »Auf dem Weg ins Unbekannte« hieß sein Roman nun »Der Auswanderer«. Und anstelle einer eindrucksvollen und geheimnisvollen Silhouette von New York hatte man sich für ein buntstiftgezeichnetes Auswandererschiff entschieden. Eine in seinen Augen miserable Bewerbung des Buches tat das Übrige. Als das Marketing ihn bat, an dem einen oder anderen Tag in Hamburg und Bremerhaven einen Stand vor den Auswanderermuseen aufzubauen, um seinen Roman dort zu verkaufen und zu signieren, platzte Sprengler der Kragen. Sprengler, der Bauchladenschriftsteller, Sprengler, der fliegende Autorenhändler. ›Die Zeiten, in denen ein Schriftsteller nur schreibt, sind vorüber, Herr Sprengler, Sie müssen sich auch selbst um die Vermarktung Ihres Buches kümmern. Wir raten Ihnen, so viele Lesungen und Signierstunden wie möglich zu vereinbaren, nutzen Sie Ihre Kontakte. Und dann sollten Sie sich endlich auch bei Facebook einloggen. Kommunizieren Sie mit Ihren Lesern. Sie müssen sich viele Freunde verschaffen, die Sie im Netz weiterempfehlen.‹

Niemand stellt sich mehr die Frage, woher Autoren die Zeit und Konzentration nehmen sollen, ihre Romane zu schreiben. Niemand macht sich Gedanken über ihre persönliche Situation, weder die Verlage noch die Leser.

Das Buch lief, wie gesagt, mäßig, obgleich es namhafte Kritiker gab, die den Wert des Romans erkannten und hervorhoben.

Diese Anerkennung hinderte Sprengler nicht, sein Selbstbewusstsein vollends zu verlieren. Auch wenn Selma ihn bemitleidete und sehr einfühlsam behandelte, war ihm schon zu jenem Zeitpunkt durch den Kopf gegangen, ob sie sich von ihm abwendete. Sprengler schienen ihre Umarmungen nicht mehr warm und unmittelbar, etwas Distanziertes lag in ihren Berührungen, etwas, was sich wie eine Membran zwischen sie legte. Vielleicht hatte sie sich bereits von ihm entfernt.

Die Dunstabzugshaube des Nachbarn ist angesprungen. Im Zimmer verbreitet sich der Duft von Hackbraten, der sich mit der schwülwarmen Sommerluft vermengt. Sprengler springt auf und knallt das Fenster zu. Er setzt sich wieder und versucht weiterzuarbeiten.

Eine Mücke umsurrt seinen Kopf. Immer wieder versucht er, sie zu verjagen, indem er mal die rechte, mal die linke Hand von den Tasten nimmt, sie hilflos herumwirbelt, um den Blutsauger zu verscheuchen; es gelingt ihm nicht. Er versucht eine andere Taktik, bewahrt Ruhe, wartet, bis sie sich niedersetzt, um zuzustechen, hofft, sie kurz vor dem Stich zu erwischen. Er schlägt sich auf den Arm, er ist zu langsam, die Mücke fliegt auf und sirrt durch die Luft, um wenig später den nächsten Angriff auf ihn zu starten. Diesmal setzt sie sich auf seine Wange. Sprengler gibt sich eine Ohrfeige. Wieder dringt das penetrante Surren an sein Ohr.

Die Mücke hat in seinen Hals gestochen, ohne dass er es verhindern konnte.

*

An jenem Abend, an dem er Selma telefonieren hörte und sie jemanden »Bärlein« nannte, stieg Sprengler das Blut zu Kopfe.

»Wer ist Bärlein?« Seine Stimme klang messerscharf.

Selma lächelte und umarmte ihn. »Du bist mal wieder eifersüchtig«, sagte sie, und versuchte, ihm einen Kuss zu geben. Sprengler drehte den Kopf beiseite. Selma löste sich von ihm.

»Meine Güte, sei nicht so empfindlich. Bärlein ist mein neuer Kollege im Institut. Alle nennen ihn Bärlein. Weißt du, er ist ein Riese, an die zwei Meter groß und stark gebaut wie ein Bär, er ist ungemein freundlich und warmherzig, deshalb nennen wir ihn Bärlein. Eigentlich heißt er Lutz Greiner.«

»Und was will er von dir?«

»Was soll die Frage? Ich find ihn sehr nett, wir haben

uns angefreundet. Er ist fremd hier, ich helfe ihm, sich einzugewöhnen. Ich habe ihn übrigens für Samstag zu uns zum Essen eingeladen.«

»So, und wieso fragst du mich nicht?«

»Ich soll dich fragen, ob ich meinen Kollegen einladen darf? Und was deinen Zeitplan betrifft, warum sollte ich dich fragen? Du bist immer zu Hause, und du arbeitest kaum noch, und du lädst auch nie jemanden ein. Du bringst nie Freunde mit nach Hause.«

»Dein Kollege hat wohl kein Zuhause.«

Selma stöhnte auf.

»Wenn es dich beruhigt, er hat Frau und Kind. Seine Familie wohnt noch in Potsdam. Lutz hat dort am Institut für Klimafolgenforschung gearbeitet. Bei uns ist er noch in der Probezeit, er will erst ein Haus oder eine Wohnung in Bremerhaven suchen, wenn seine Übernahme sicher ist. Und nun lass gut sein, das ist mir zu dumm.«

Selma wechselte abrupt das Thema und begann zu erzählen, wie ihre Woche aussehen würde, welche Meetings und Aufgaben anlägen, dass ihr Vortrag für das Völkerkundemuseum Hamburg noch nicht vorbereitet wäre, sie allerdings schon über die Vorführung des Dokumentarstummfilms »Nanuk, der Eskimo« informiert sei und sie ihren Vortrag darauf aufbauen würde. Sie könne dem Film die Auswirkungen des Klimawandels auf die Inuit auf Grönland gegenüberstellen. Für die Menschen in Ilulissat sei die Klimakatastrophe schon vor vielen Jahren Wirklichkeit geworden, es gäbe kein Treibeis mehr in der Diskobucht. Die Fischer könnten nicht mehr mit Hundeschlitten losziehen und aus Eislöchern fangen, es sei nur noch möglich, mit Booten zu fischen.

Sprengler saß da und hörte, wie Selma in dem, was sie tat, lebte und auflebte, er bewunderte sie, gleichzeitig rumorte ein Gefühl des Neids in ihm. Er fragte sich, wohin sich seine eigene Inspiration und sein Ideenreichtum verflüchtigt hatten, wie er seinen Rhythmus und sich selbst in seiner Arbeit wiederfinden könne. Er hatte keine Erklärung dafür. Sobald Selma morgens aus der Tür ging, verlor er seine Energie, er fühlte sich matt und ohne Impuls. Es folgten inhaltsleere Stunden, in denen er nicht zu schreiben vermochte, was ihn in jene klägliche Gemütslage versetzte, gegen die er nicht ankam.

*

Es läutete. Greiner stand vor der Tür. In der einen Hand hielt er eine Flasche Wein, in der anderen einen Blumenstrauß in verschiedenen Rottönen. Woher kannte er Selmas Lieblingsfarben?

Selma trug eine lange sonnengelbe Bluse zu engen schwarzen Leggings und flachen Schuhen. Sie hatte einen breiten schwarzen Gürtel umgelegt, der ihre schlanke Taille betonte. Sonnenleuchtend stand sie im Flur, lachte ihr bezauberndstes Lachen und bat ihn hinein.

»Darf ich vorstellen, Lutz Greiner. Machen wir es unkompliziert, ich denke, ihr könnt euch gleich duzen, nicht wahr?«

Greiner roch nach Moschus-Aftershave, dessen Duft sich im Flur verbreitete. Sprengler reichte ihm seine Hand – sie verschwand in Greiners Pranke.

Sprengler gab sich gelassen, wenngleich der Kampf in seinem Inneren bereits begonnen hatte.

»Olaf«, sagte Sprengler mit gequältem Grinsen und ebensolchem Klang in der Stimme.

»Lutz«, ertönte Greiners tiefer, sonorer Bass, der Sprenglers Brust zum Vibrieren brachte.

Ein Skilehrer-Typ, dachte Sprengler, sportlich-dynamisch mit männlichem Eintagesbart, charmant markant lächelnd wie ein Katalogmodell, wenngleich er dicker war, allerdings nicht fett, denn jeder seiner Muskeln war durchtrainiert. Greiner ist das totale Gegenteil von Sprengler, denn Sprengler sieht aus wie das Klischee eines dicklich-teigigen Schriftstellers, Sprengler ist immer etwas blass, er trägt eine braune Hornbrille auf der Nase, er hat steife Gelenke und Kreislaufbeschwerden, weil er sich zu wenig bewegt. Er ist schon immer pummelig gewesen. Wer ist also dieser Sprengler? Die Frage ist leicht beantwortet: Sprengler ist ein alternder, wenig erfolgreicher Schriftsteller, so einer, der vom Geld seiner jungen Frau lebt, tuschelt man in der Nachbarschaft. Der arme, alte Poet und die junge, erfolgreiche Arktisforscherin, was für ein merkwürdiges Paar. Was die Frau Doktor wohl an ihm findet, er gehört ja nicht gerade zu der Sorte Mann, der im Alter attraktiver wird.

Was findet Selma an ihm?, fragte sich auch Sprengler immer wieder. Er war nicht mehr jung, er verdiente nicht genug, ihr gemeinsames Leben zu bestreiten, selbst für sein alleiniges Auskommen reichte es kaum. Selma hatte ihm, er muss es immer wieder betonen, nie einen Vorwurf daraus gemacht, doch sein Alter, gepaart mit seiner finanziellen Erfolglosigkeit, belastete ihn, ohne dass er es abzustellen vermochte.

Er war 20 Jahre älter als sie. Seine Jugendlichkeit hatte er längst eingebüßt, wenigstens äußerlich, nein, wenn er es sich ehrlich eingestand, auch innerlich, er war eigentlich schon bedächtig und alt auf die Welt gekommen. Dessen ungeachtet fühlte er sich jünger, als er war. Jeder Blick in den Spiegel belehrte ihn eines Besseren, er konnte weder die gelblichen Zähne, die faltige Haut noch die Halbglatze und den grau melierten Kranz seiner Resthaare, der sie umgab, fortwischen, ganz zu schweigen von seinen Körperproportionen, die dem Sog der Schwerkraft nicht mehr standhielten.

Selma hätte seine Tochter sein können. Sie sehnte sich nach etwas anderem, nach einem anderen, dachte er manches Mal, sie suchte eine Wildheit, die er ihr nicht geben konnte, er war ihr zu langweilig, vor allem zu alt, ein Mann, der lieber spazieren ging als Sport trieb, der lieber las, als auf Festen Smalltalk zu betreiben oder zu tanzen, sie war nicht glücklich neben dem bedeutungslosen, behäbigen Sprengler, der zwar seine Kleidung verjüngt hatte, nicht aber sein Inneres; sein Inneres hatte er nicht verjüngen können, ebenso wenig wie seinen Körper.

Greiner war ein junger Mann, pragmatisch, entscheidungsfreudig, ein Gutgelaunter, einer, der sich keine Gedanken über sich selbst macht, der sich annimmt, wie er ist, so schien es Sprengler.

Sprengler kam sich immer verkehrt vor.

In der Küche roch es nach tausend erlesenen Düften wie lange nicht mehr. Das Menü begann mit einem Begrüßungssekt, dazu reichte Selma in der Pfanne kross gebratene Datteln im Speckmantel. Es folgte überbackener Ziegenkäse auf gemischtem grünem Blattsalat mit Feigensenfvinaigrette angemacht und gerösteten Sesambröseln überstreut. Als Hauptgang tischte sie eine Lammkeule in Roquefortsoße auf. Für den Nachtisch hatte sie in Milch gestockte Eischneebällchen gegart und mit karamellisiertem Zucker überzogen.

Sprengler war klar, all die Mühe, die sie sich gemacht hatte, galt nicht ihm, sondern Greiner. Sprengler saß am Tisch und hatte keinen Appetit. Ihm traten die vielen Abende vor Augen, an denen sie zum Griechen um die Ecke gingen, weil Selma keinerlei Lust verspürte, etwas zu Abend zu kochen, wie sie sich immer wieder darüber beschwerte, dass das Essen zu fett, zu teuer und nicht ansprechend serviert sei, das Preis-Leistungsverhältnis nicht stimme, die Tischwäsche wieder beschmutzt war. Manchmal ließ sie demonstrativ etwas zurückgehen oder bestellte von vornherein etwas, was nicht auf der Karte stand. Diese peinliche Nörgelei geschah allerdings nicht nur beim Griechen, sondern nahezu überall, wo sie essen gingen. Es war eine Unart, die sie aus ihrem Hotel-Elternhaus mitbrachte, sie fühlte sich stets im Recht und bemerkte ihre Überheblichkeit gar nicht; ihr war dieses Verhalten in Fleisch und Blut übergegangen.

Sprengler sah die geröteten Wangen seiner Frau, während sie einen Gang nach dem anderen für Greiner auffuhr. Ihre Augen glänzten; so schön war sie nur, wenn sie Freude und Glück empfand.

Messer und Gabel klapperten. Selma und Greiner vertieften sich in ein Fachgespräch, ohne Sprengler zu beachten.

»Die Konzentration des $CO_2$ ist wieder mal auf einen Rekordwert geklettert. Das Zwei-Grad-Ziel ist nicht mehr zu halten.«

»Ja, es ist schon lange klar, es wird nur noch von der Politik künstlich am Leben gehalten. Wir sind längst auf dem Weg zu einer Vier-Grad-Welt. Das hat auch das Institut in Potsdam untermauert.«

»Wir dürfen uns nicht einwickeln lassen, wir müssen unsere Ergebnisse öffentlich machen und verteidigen. Wir müssen Druck auf die Politik ausüben, damit sich überhaupt etwas bewegt.«

»Ich bezweifle, dass wir etwas erreichen. Im Dezember findet die Klimakonferenz in Paris statt. Der EU-Klimakommissar betrachtet die Konferenz schon als Erfolg, wenn man sich auf eine Vorgehensweise auf zwei Grad einigen könnte, ohne die dafür notwendigen Emissionen festzuschreiben. Die müssten so schnell wie möglich mindestens um bis zu sechs Prozent sinken.«

»Ich kenne die Zahlen. Eine solch drastische Emissionssenkung hat außer in Kriegszeiten noch nie stattgefunden. Es ist immer wieder unfassbar, wir dringen nicht durch mit unseren Warnungen. Millionen von Menschen sind bedroht.«

»Ich habe gerade den aktuellen IPCC-Bericht gelesen. Man kann die Zwei-Grad-Grenze nur halten, wenn global nur noch etwa 30 Jahre Öl und Kohle in derzeitiger Geschwindigkeit verbrannt werden. Danach muss schlagartig Schluss sein. Aber die Emissionen sind ja seit 1990 weltweit um circa 45 Prozent gestiegen, vor allem wegen der Wirtschaftsentwicklung in China.«

»Wir müssen für den massiven Ausbau erneuerbarer Energien kämpfen. Und für Aufforstung riesiger Wälder.«

»Vielleicht werden wir gar keinen Platz für Wälder haben, weil die Weltbevölkerung nicht mehr ernährt werden kann.«

»Es gibt so viele Fragezeichen. – So, nun ist mal Schluss mit dem Klima!«, rief Selma. »Lass uns lieber den Abend genießen.«

Sprengler sah sie lachen und reden, reden und lachen. Greiner zeigte seine weiß blitzenden Zähne, die in gesundem rosigem Zahnfleisch steckten.

Er machte ihr Komplimente, er erfrechte sich, mit ihr zu flirten.

Sprengler sah ganz genau, was sie sich bedeuteten. Düstere Gedanken zogen auf. Sie haben genau das gleiche Interesse, sie arbeiten jeden Tag zusammen, was soll schon anderes dabei herauskommen als … Es war schon passiert, wie er flirtet. Er schmeichelt ihr, spielt seinen Humor aus – und Selma, Selma lacht, sie lacht wie damals im Bistro, als er sie kennenlernte. Greiner schleicht sich als guter Kumpel in ihre Ehe und schlägt zu, sobald sich eine günstige Gelegenheit ergibt – oder war es längst geschehen? Was spielten sie ihm vor?

Es versetzte Sprengler einen schmerzhaften Stich im Herzen, Beobachter dieser Anbändelei zu sein. Immer stärker verlor er sich in der Empfindung, ihm sei etwas gestohlen worden, was ihm gehörte. Mit Bitterkeit stellte er fest, wie ausgezeichnet Greiner zu Selma passte. Er konnte Greiners Lebendigkeit und Ausgelassenheit nahezu sinnlich spüren. Das Gefühl der Unterlegenheit gärte in Sprengler, er hielt die Intimität zwischen Selma und Greiner nicht mehr aus. Abrupt griff er zur Weinflasche.

»Darf ich euch noch nachschenken?«, rief er bemüht freundlich.

»Oh ja, bitte, der Wein ist ausgezeichnet!«, gurrte

Greiner in übertriebener Jovialität. Sprengler erstarrte. Dieser Ton – was bildet er sich ein?

Greiner hielt Sprengler das Glas entgegen. Sprengler unterdrückte, was in ihm kochte.

»Es ist ein Dornfelder«, knirschte es aus seinem Mund.

Der Wein gluckerte ins Glas.

»Danke dir«, sagte Greiner, in einem Tonfall, als sei Sprengler sein bester Freund.

Selma und Greiner setzten das Gespräch fort.

Zuweilen traf ihn ein Blick von Selma, dann einer von Greiner, mit einem gelegentlichen ›Nicht wahr, Olaf?‹ auf der Zunge, bemühten sie sich, ihm das Gefühl zu geben, nicht unerwünscht zu sein. Sprengler war kein Narr, er spürte am ganzen Leib, wie sehr er störte. Er blieb sitzen, auch nach dem Dessert, er blieb und gönnte ihnen keine Minute des Alleinseins, obwohl er todmüde war.

Der Abend nahm kein Ende. Sprengler gähnte schließlich mehrmals, ohne dass es zu übersehen war.

Greiner hatte endlich verstanden.

»Ich geh dann mal lieber«, sagte er, »es ist schon spät.«

Sprengler stand sofort auf und räumte laut klappernd den Tisch ab. Selmas Lächeln verschwand, als hätte sie es mit ihrer Serviette fortgewischt. Ihre Augen blitzten böse in die ihres Gatten; ihr entlarvender Blick traf ihn mitten ins Herz.

Sehr lange standen sie bei geöffneter Haustür im Flur und konnten sich nicht trennen. Dann sagte Selma: »Du, Lutz, in zwei Wochen habe ich Geburtstag, hast du Lust zu kommen? Ich würde mich freuen, ich hab auch viele Leute aus dem Institut eingeladen, dann kannst du sie privat kennenlernen.«

»Vielen Dank, ich freu mich und komme gern.«

Sprengler trat auf Selma zu und umarmte sie in auffälliger Geste.

»Ist meine Frau nicht fabelhaft? Gute Nacht, Lutz.«

»... wundervoller Abend, danke, es war sehr schön ... so anregend ... und das Essen ... ein Traum, Selma ... tausend Dank noch einmal ... bis Montag ... Ja, danke.«

Selma schloss die Tür.

»Olaf, du bist unmöglich. Deine Eifersucht ist mir zutiefst peinlich.«

»Ich – eifersüchtig auf diesen Popanz? Dass ich nicht lache.«

*

Eifersucht, liest Sprengler, beinhaltet eine nagend schmerzhafte Emotion. Sie entsteht beim Partner durch fehlende oder als fehlend empfundene Aufmerksamkeit oder Liebe seitens der geliebten Person, die ihre Zuneigung vermeintlich oder real einem anderen Menschen entgegenbringt und dadurch beim Partner, der seinen Anspruch auf Liebe infrage gestellt sieht, starke Verlustangst auslöst.

Die Quelle der Eifersucht liegt nicht allein im Verdacht auf sexuelle Untreue. Sie entsteht auch durch das Wahrnehmen eines Vertrauensverhältnisses zwischen dem Partner und einer dritten Person, die die eifersüchtige Person ausschließt. Dieses Empfinden kann sehr extreme, auch gewalttätige Handlungen auslösen.

Gegenstand der Eifersucht ist meist eine Person, sie kann aber durch alles ausgelöst werden, wodurch jemand seinen Anspruch auf Liebe oder seine Vorrangstellung im Leben des Partners gefährdet sieht, wie zum Beispiel ein zeitintensives berufliches Projekt.

Oft wird Eifersucht gar nicht von der wirklichen Außenwelt ausgelöst, sondern sie sitzt als innerer Feind in der eigenen Seele. Sie ist als eine Krankheit des Herzens zu betrachten, die einhergeht mit starker Selbstdemütigung.

Eifersucht ist stets von Übel und ohne heilenden Wert.

Shakespeares Othello hat nichts zu gewinnen. Er hat nur alles zu verlieren.

*

Selmas Geburtstag nahte. Sie hatte an die 30 Freunde eingeladen.

Schon Tage vorher entwarf sie den Einkaufs- und Kochplan für das Fest. Die frischen Zutaten, Fleisch, Gemüse, Kräuter, Käse- und Wurstwaren, wählte sie eigenhändig auf dem Markt aus. Sprengler war für den Supermarkteinkauf zuständig. Selma übergab ihm eine lange Liste mit genauen Anweisungen, welche Sorte, welche Marke er von den verschiedensten Lebensmitteln mitzubringen hätte. Handelte es sich um den alltäglichen Wocheneinkauf, wählte er meist nach Lust und Laune aus, flanierte durch den Laden, bestaunte die Vielfältigkeit des Angebots und entschied sich in der Regel für die Waren, auf die er Appetit hatte. Manches Mal vergaß er Grundnahrungsmittel, während er stattdessen drei Ananas oder einen Familienbeutel mit 20 Apfelsinen mitbrachte. Sprengler ließ sich inspirieren und vergaß seinen Zettel in der Tasche. Beim Einkauf für das Geburtstagsfest durfte das auf keinen Fall passieren. Dennoch fehlten Nahrungsmittel oder er brachte nicht die richtige Marke. Selma verfiel in ein Gezeter, das ihn in die Gemütslage eines kleinen Jungen oder vergesslichen Greises versetzte.

Wenn Selma ein Essen vorbereitete, stieg sie in die Fußstapfen ihres Vaters, auch wenn sie es gern vermieden hätte. Beim Kochen war sie seinen guten wie unangenehmen Seiten ausgeliefert. Der gastronomische Befehlston war ihr eingeimpft, sie schimpfte, wenn etwas nicht so lief, wie sie es sich vorgestellt hatte, jede Kleinigkeit regte sie auf; warum Sprengler die Keramikschüssel und nicht die Glasschüssel brachte, das hätte er sich vielleicht mit seinem Spatzenhirn denken können, dass sie nicht die Keramikschüssel meint, wenn sie Salatschüssel sagt, außerdem hätten die Servietten, die er mitgebracht hatte, eine scheußliche Farbe, sie hätte dunkelrot bestellt und nicht hellpinkzinnober oder wie man diese Farbe überhaupt nennen soll.

Wenn er etwas aus dem Keller holte, brachte er die falsche Thermoskanne, das falsche Besteck, das mit den schwarzen Griffen sei nur für Gartenfeste gedacht, warum er es sich nicht endlich merken könne …

Selma hatte einen genauen Zubereitungsplan für das Buffet, den sie gezielt abarbeitete. Die Antipasti legte sie schon zwei Tage vor dem Fest ein, damit sie durchziehen konnten, dann folgten die Suppe, mit verschiedenen Zutaten gefüllte Piroggen, in Weißwein gegarte Hühnerbrüste, die sie mit einer Paprikamousse überzog, vielerlei andere Delikatessen, bis zum Schluss die frischen Salate und Dips folgten sowie die Garnierung der Käse- und Wurstplatten und das Aufschneiden der verschiedenen Brotsorten.

Wenn Selma beim Kochen Zutaten vermisste, befand sie sich kurz vor einem Nervenzusammenbruch. Sprengler wurde aus dem Haus gejagt, um sofort noch zwei Zitronen oder einen Becher Schmand oder Quark für eine der Nachspeisen zu holen.

Etwa eine Stunde vor Eintreffen der Gäste war er einer Kanonade von Fragen und Befehlen ausgeliefert. Sind der Prosecco und der Weißwein kaltgestellt, ist der Rotwein temperiert, hol noch zwei Klappstühle, die dunkelbraunen, wie kannst du den Fischsalat neben den Beerenquark stellen, benutz nur ein Mal deinen Kopf …

Sprengler stand am Ende seiner Nervenkraft, während bei Selma, sobald sie sich umgezogen hatte und festbereit war, nichts mehr von ihrer üblen Laune zu spüren war. Alle Anstrengung, die sich den ganzen Tag über in tiefen Stirnfalten zwischen ihren Augenbrauen manifestierte, hatte sich in Wohlgefallen aufgelöst. Sie schaffte es immer, eine viertel Stunde, bevor die Gäste kamen, mit allem fertig zu sein.

An jenem Abend trug sie ihr schwarzes, kurzes Kleid, darüber hatte sie einen weinroten Bolero gestreift, der oberhalb der Taille endete. Sie wirkte zufrieden. Das fantastische Buffet war aufgebaut, der Tisch traumhaft geschmückt. Sie warf noch einen kritischen Blick auf Sprenglers Kleidung, die er für das Fest ausgewählt hatte, fragte, warum er denn nicht das schöne neue Hemd trug, dann endlich kehrte Harmonie ein. Sie tranken einen Prosecco, küssten sich und wünschten sich ein gutes Gelingen des Abends.

Sprengler hätte das Fest lieber vergessen. Er hatte von seinen Freunden nur zwei Autorenkollegen aus Hamburg eingeladen, die leider absagten. Da es Selmas Geburtstagsfeier war, kamen die meisten Leute aus dem Institut. Jede größere Geburtstagsgesellschaft hat Ähnlichkeit mit einer Schulklasse, in der alle Charaktere vertreten sind. Da sind die Gönnertypen, die sich jedoch zieren, großzügige Geschenke zu machen. Sie kommen mit kleinen Marmeladengläschen oder aus dem Garten gerupften Zweiglein, deren Einzigartigkeit sie mit vielen Worten loben. Hier und da ist auch ein »Wanderpreis« oder ein bereits zerlesenes Buch dabei. Es kommen die Freunde, die an jedem Geburtstag dasselbe schenken, weil sie auch immer dasselbe erzählen, und jene, die großzügige oder ausgewählte Geschenke machen, die etwas mit Selmas Vorlieben zu tun haben, Freunde also, die sich Gedanken machen.

Greiner hatte sich Gedanken gemacht. Er stand mit einem beeindruckenden Strauß dunkelroter Pfingstrosen, mit weißen Spieren und Blutbuchenblättern aufgebunden, in der Tür. Als Präsent hatte er ihr ein wunderschönes Fotobuch über die Polarwelten mitgebracht. Wirklich wunderbar, dieses Buch! Es war gerade veröffentlicht worden. Wirklich wunderbar! Es war das gleiche Buch, das Sprengler ihr am Morgen auf den Geburtstagstisch gelegt hatte. Selma tat so, als hätte sie es noch nicht bekommen, sie bedankte sich überschwänglich und gab Greiner ein Küsschen auf die Wange. Sprengler unterdrückte seinen Groll.

Das Fest nahm seinen Lauf. Eine Kakophonie polarer Begrifflichkeiten tönte in Sprenglers Ohren. Ihm war die Laune vergangen. Er stand abseits und beobachtete argwöhnisch jede Nuance von Selmas Verhalten. Sie sprang zwischen den Gästen hin und her, lachte, erzählte, prostete diesem und jenem zu, dabei neigte sie den Kopf stets nach links, so wie Menschen ihren Kopf schräg halten, wenn sie fotografiert werden. Sprengler bemerkte nicht, als Greiner an ihn herantrat.

»Du, Olaf, das mit deiner Schriftstellerei find ich richtig toll. Ich beneide dich um dein Leben, du kannst arbeiten, wann du willst, du kannst so lange schlafen, wie du willst. Sag mal, wie bist du eigentlich zum Schreiben gekommen?«

Sprengler verspürte keinerlei Interesse, sich mit Greiner zu unterhalten, zudem hatte er diese schwärmerische Vorstellung von seiner Arbeit samt dieser dämlichen Frage, die er schon Hunderte von Malen beantwortet hatte, satt.

»So wie jeder Mensch, ich habe in der Schule das ABC gelernt.«

Greiner stutzte, dann lachte er auf.

»Sag mal ehrlich, wie machst du das eigentlich, schreibst du täglich oder nur zu bestimmten Zeiten oder nur, wenn dich die Muse küsst?«

Sprengler entschuldigte sich, er müsse neuen Weißwein holen.

Als er mit ein paar Flaschen aus der Küche zurückkam und sie gegen die leeren in den Kühlkübeln austauschte, sah er, wie Greiner um Selma herumschleimte, während sie sich mit Claudia und ihrem Mann unterhielt. Selma unterbrach das Gespräch und wendete sich Greiner zu. Sprengler hörte nicht, was sie sagten, er sah nur ihr Lächeln, dieses zaghaft sanfte Lächeln mit den glänzenden Augen. Die Spannung, die er zwischen ihnen spürte, nahm ihm jeglichen Zweifel, Greiner hatte sich verliebt und Selma war, wenn es nicht schon geschehen war, zumindest im Begriff, sich zu verlieben, er wäre nicht verwundert gewesen, wenn sie sich an die Hand genommen oder gar umarmt hätten.

In jenem Moment kam eine ihm unbekannte Freundin von Selma auf ihn zu. In unbeugsamem Tonfall schleuderte sie ihm eine Frage nach der anderen entgegen; wie er denn zum Schreiben gekommen sei, ob in seinen Romanen etwas Autobiografisches stecke, wie er zu seinen Themen käme, wie sein Arbeitstag aussähe, ob er mit der Hand vorschriebe, ob er sich eine Aura schaffe, um inspiriert zu werden. Sprengler sprach von Gummibärchen, die er nach Farben sortiere und nach jedem Absatz vertilge. Die Farbe der Bärchen, die es zu verschlingen gelte, wähle er nach dem Inhalt des Abschnittes aus. Grün für die Hoffnung, Weiß für die Unschuld oder den Tod, Gelb für die Gefahr und Rot für Liebe oder Mord.

Die Gäste waren endlich gegangen. Sprengler, der zu viel getrunken hatte, schwankte durch das Wohnzimmer, räumte die Gläser vom Tisch und stellte sie auf das Holztablett, das er in die Küche balancierte, wobei die Gläser ins Rutschen kamen.

»Pass auf, es sind Gläser von Oma dabei!«, rief Selma, die in schnellem Tempo die Spülmaschine füllte, wie sie es zu Hause gelernt hatte. Teller, Schüsseln und Bestecke flogen polternd in die Spülkörbe.

»Stell die Gläser bitte auf die Anrichte, die kommen erst morgen früh dran. Ich bin hundemüde.« Sie klappte die Spülmaschine zu und startete sie. Das brummende Geräusch erklang, dann schoss das Wasser rauschend in den Innenraum.

Selma umarmte ihn.

»Es war ein wunderschönes Fest, nicht wahr?«

Sprengler schwieg.

»Was ist denn? Hat es dir nicht gefallen?«

»Wie alt ist Greiner eigentlich?«

»Warum nennst du ihn immer Greiner, das ist nicht nett, er heißt Lutz, und er ist 28 Jahre alt.«

»Dann bevorzugst du es jetzt wohl etwas jünger.«

»Du bist betrunken, Olaf, hör auf, ich will das nicht hören. Nur eins. Wenn dein Alter für mich ein Problem wäre, hätte ich dich nicht geheiratet.«

»Du hast es dir eben anders mit mir vorgestellt.«

»Olaf, hör jetzt auf, lass uns ins Bett gehen, ich fall um vor Müdigkeit.«

# VERRAT

Greiner rief öfter an, er fragte Selma um Rat, wie sie vorgab, angeblich wegen beruflicher Probleme. Sprengler war kein Dummkopf, es bestand kein Zweifel, Greiner versuchte sie an sich zu ziehen und wollte sich unabkömmlich machen. Sicher würde Greiners Familie nicht nach Bremerhaven umsiedeln, Greiner hatte es in der Hand, er brauchte nur zu behaupten, keine geeignete Wohnung gefunden zu haben.

Samstag. Sprengler beobachtete, wie Selma die große Basttasche in den Fahrradkorb legte und sich aufs Fahrrad schwang, um zum Wochenmarkt zu radeln. Er wartete, bis sie um die Ecke gebogen war, lief sogleich in ihr Zimmer. Er überlegte nicht lange und klappte Selmas Laptop auf, er war nur im Energiesparmodus und der Bildschirm leuchtete sofort auf. Es war nicht nötig, ein Passwort einzugeben. Sprengler klickte den E-Mail-Account an. Ausgang, Eingang, Ausgang, Eingang, Ausgang …

- Hallo Bärlein, kommst du Montag in die Kantine?
  Sonniger Gruß
  Selma

- Ich kann nicht, hab einen Termin beim Chef, vielleicht Dienstag?
Herzlich
Lutz

- Ja, gut, Dienstag 12.30 Uhr passt prima. Ich freu mich.

- Prima, ich mich auch. Bis dann.

- Hast du ein bisschen länger Zeit? Dann können wir gleich die Aktionen zum Polarbärentag besprechen.

- Ja, machen wir, ich hab schon Ideen.

- Ich auch! Ich sage nur: Vortrag im Zoo bei den Eisbären.

- Das ist sehr gut … seeehr medienwirksam! Na dann …

- Macht Spaß, mit dir zu arbeiten, Bärlein, wollt ich nur mal sagen.

- Mit dir auch, Gletscherfee. Bis Dienstag. Wahrscheinlich werden wir uns wohl vorher noch mal im Institut sehen.

*

Sprengler wartete am Kantineneingang, als Selma den Flur entlangkam.

»Was machst du denn hier?«

»Ich wollte dich überraschen.«

»Ich habe gleich ein Arbeitsgespräch. Also ehrlich, Olaf, das geht nicht, du kannst hier nicht einfach so hereinschneien.«

»Ich dachte, du freust dich. Du könntest dich auch ein bisschen freuen, oder?«

Selma verzog den Mundwinkel.

»Lass uns was zu essen holen.«

Ohne ihn zu beachten, griff sie nach dem braunen Kantinentablett und stellte sich in der Nudelgericht-Schlange an. Ihr Spaghetti-Gorgonzola-Teller polterte auf das Tablett. Sie stürzte auf das Salatbuffet zu und klatschte sich eine bunte Mischung aus Gurken, Möhren, Eisbergsalat, Paprikastreifen und dergleichen in die Glasschüssel und übergoss das Ganze mit zwei Kellen American Dressing. Sie drückte den Knopf für Mineralwasser. Dann griff sie nach einer Serviette und dem Besteck, das auf ihr Tablett klirrte.

Sprengler hatte Mühe, ihr zu folgen.

»Ich zahl das hier zusammen.«

Ohne sich nach ihm umzusehen, balancierte sie ihr Essen durch den Raum auf einen freien Tisch zu. Sie stellte das Tablett ab, rückte den Stuhl laut scharrend zurecht und setzte sich.

Sprengler nahm ihr gegenüber Platz. Ihre Augen erdolchten ihn.

»Also, das geht wirklich nicht, Olaf, was denkst du dir ...«

»Du könntest öfter mal zu Hause sein, dann müsste ich dich nicht in der Kantine besuchen.«

»Ich mache meine Arbeit, Olaf.«

Sie schwieg abrupt und winkte in Richtung Kasse.

Greiner erschien mit dampfendem Tablett.

»Ah, auch Pampa di Gorgonzola.« Er lachte. »Olaf, hallo, ich hatte dich gar nicht bemerkt.«

»Entschuldige, Lutz, ich hab nicht gewusst, dass Olaf kommt, können wir unser Gespräch verschieben?«

»Sicher, kein Problem, wir haben ja noch Zeit bis zum Meeting. Ich geh dann zu Peter rüber, ich seh ihn gerade dahinten sitzen, ich hab mit ihm auch noch was zu besprechen.«

»Okay.« Selma lächelte ihn an. Ihre Augen leuchteten.

Als sie Sprengler mit einem Blick streifte, erlosch das Strahlen. Sie neigte ihren Kopf gen Pastateller und begann, die Spaghetti in sich hineinzuschlingen. Ohne aufzusehen, vertilgte sie Nudeln und Salat. Dann trank sie ihr Mineralwasser in einem Zug aus und setzte das Glas geräuschvoll auf das Tablett.

»Ich möchte nicht, dass du noch einmal unangemeldet hierherkommst. Das geht einfach nicht. Und überhaupt, glaubst du etwa, ich würde dein Herumspionieren nicht bemerken? Glaubst du wirklich, du kannst mir vormachen, dass du hier zufällig hergekommen bist? Für wie dumm hältst du mich? Es ist erbärmlich, Olaf.«

Sprengler redete plötzlich sehr viel. Er redete wie ein Mensch, der sich hinter seinem Redeschwall versteckt, wie ein Mensch, der das Gegenüber mit Belanglosigkeiten behelligt, der nicht aufhört, ihm Bedeutungslosigkeiten entgegenzuplappern, der seine dauernde Aufmerksamkeit erzwingt, der keine Pause macht, weil er befürchtet, unterbrochen zu werden, der redet wie jemand, der im Mittelpunkt bleiben will; kein gehaltvolles Wort kommt Sprengler über die Lippen, er kreist in seinem selbstbezogenen Geplapper, ohne Selma noch wahrzunehmen, denn er versucht, sich vor sich selbst und vor Selma zu verbergen.

Selma erhob sich und ging fort, ohne Sprengler zu verabschieden.

*

Sprenglers Kopf machte sich selbstständig. Wieder und wieder sah er Selma und Greiner als Paar. Er malte sich einen ganzen Film aus, in dem sich Szene für Szene aneinanderfügte. Seine Vorstellungskraft mündete in wilde Fantasien, die ihn innerlich zerrissen.

Sprengler hatte keine Möglichkeit, sich zu beherrschen. Er musste weitere Nachforschungen anstellen. Jedes Mal, wenn er allein zu Haus war, konnte er der Versuchung nicht widerstehen zu spionieren.

Während er alles durchsuchte, empfand er keine Gewissenbisse, und er dachte auch nicht über den Verlust seiner Selbstachtung nach, erst hinterher fühlte er sich widerwärtig und versuchte, sich von der Notwendigkeit seines Tuns zu überzeugen, da er als ihr Mann schließlich wissen müsse, woran er sei, und es unabdingbar sei, Licht in Selmas Dunkel zu bringen, um endlich Klarheit zu haben.

Sprengler spionierte, ohne etwas zu finden, was seinen Verdacht bestätigte, dennoch spürte er keine Erleichterung, sondern hielt es für notwendig, weiter auf der Hut zu sein.

Sprengler weiß nicht, was mit ihm geschah. Er verschaffte sich regelmäßig Zugang zu Selmas Mail-Account, er las ihre Korrespondenz, er durchstöberte ihre Briefe, er kontrollierte ihr Handy. Das Festnetztelefon stellte er so ein, dass er ihre Telefonate mithören konnte. Bärlein rief ziemlich oft an. Mit Bärlein lachte sie, Bärlein erhielt die Zuwendung, die *er* vormals erfahren hatte. Oder hatte er sie überhaupt jemals erfahren in dieser Weise? Sie unterhielt sich sehr vertraut mit ihm. Immer noch deutete nichts auf eine Affäre zwischen ihnen hin. Sie schrieben und unterhielten sich wie sehr gute Freunde. Die Harmlosigkeit, mit der sie kommunizierten, verschaffte ihm plötzlich einen flauen Magen. Er wühlte im Leben seiner Frau, die ihrer Arbeit und ihren Freundschaften nachging, die freundlich, herzlich, humorvoll, kompetent und intelligent war.

Jäh schaltete sein Geist wieder um. Alles war nur eine Vorsichtsmaßnahme. Sie versuchte, Sprengler zu täuschen. Er würde schon noch dahinterkommen. Vermutlich bereute Selma bereits, ihn geheiratet zu haben, und dachte daran, ihn zu verlassen. Greiner war erst 28 Jahre alt, ein junger Mann, dem er, Sprengler, nichts entgegenzusetzen hatte. Ihn beschlich der vernichtende Gedanke, dass Selma im Grunde recht tat, ihn wegen Greiner zu verlassen, denn er war ja ein Mann, der ihr nichts geben konnte. Sprenglers Gedanken galoppierten. Selma sagte, er sei der wichtigste Mann in ihrem Leben, so war es doch, warum konnte er ihr nicht einen Flirt gestatten? Es war nur eine harmlose Freundschaft, allenfalls ein harmloser Flirt, oder nicht?

Sprengler hätte sich so gern entspannt, er wusste nicht, wie. Er hatte weder seine Angst noch seinen Argwohn unter Kontrolle.

*

Selma ließ Badewasser einlaufen. Durch den Flur zog Kastanienduft. Sprengler lauschte. Der Hahn war jetzt zugedreht. Ein Plätschern ertönte. Selma war in die Wanne gestiegen.

Er schlich in ihr Arbeitszimmer und durchwühlte den Papierkorb … Textfragmente, Reklamezettel, Bonbonpapier, Tempotaschentücher, Briefumschläge. Seine Hände tauchten abermals in die raschelnde Papiermasse – eine Essensrechnung für zwei Personen! Und hier, ein Kassenbon über einen Schlips und Rasierwasser. Schlips und Rasierwasser!

Er konnte sich nicht zurückhalten, ins Badezimmer zu stürzen. Selma lag unter einem Berg von Schaum.

»Was ist das? Selma, erkläre mir das bitte!«

Er hielt ihr die Bons vor die Nase.

»Oh nein, nicht schon wieder. Lass mich bitte in Ruhe, ich möchte eine Viertelstunde ungestört baden.«

Sprengler beharrte. »Ich gehe erst, wenn du mir das erklärt hast.«

Selma starrte ihn an.

»Gut, okay, wie es beliebt, Herr Gemahl; die Essensrechnung ist ein Treffen mit Claudia, wo, kannst du ja selbst lesen, und den Schlips und das Rasierwasser habe ich für meinen Vater zum Geburtstag gekauft. Ich habe es ihm schon nach Pellworm geschickt.«

»Dann zeig mir den Paketbeleg, zeig ihn mir.«

Selmas Stimme hallte durch das Badezimmer.

»Das werde ich nicht tun! Du machst mich völlig fertig, bitte geh jetzt raus und lass mich baden.«

*

Sie verbrachten die Weihnachtstage auf Juist, um den familiären Verpflichtungen zu entkommen und Zeit füreinander zu haben.

Bereits das Absperrgitter des Ankunftsterminals,

das einem Hochsicherheitstrakt glich, deutete auf wenig erfreuliche Tage hin.

Es war einen Tag vor Heiligabend. Sie saßen in einem Fischrestaurant. Über ihnen hingen Fischernetze, in die unzählige Lichterketten eingesponnen waren.

Die Stimmung war gereizt und aufgeladen.

»Du verstehst nicht, was ich meine, Olaf. Ich sag es dir noch einmal. Mir ist es egal, ob du erfolgreich bist oder nicht. Ich liebe dich, nur, ich möchte es dir nicht immer sagen müssen.«

»Weil du es nicht empfindest, weil es dich langweilt, mit mir zu leben.«

Sie zuckte zusammen und warf ihm einen verzweifelten Blick zu.

»Wir drehen uns im Kreis. Ein letztes Mal. Ich lebe gern mit dir zusammen, wie auch immer deine berufliche Situation aussieht. Das Einzige, was ich nicht ertrage, ist deine Eifersucht. Das kann niemand aushalten. Lass mir meinen Freiraum, Olaf.«

»Dann werde ich mich damit begnügen müssen, dich per E-Mail oder SMS zu erreichen.«

»Das ist Quatsch. Wir verbringen viele Abende und auch Wochenenden miteinander.«

»Es ist ein halbes Jahr her, dass wir freie Tage wie diese hatten.«

»Und nun willst du uns Weihnachten mit deinen Vorwürfen vermiesen.«

»Ach, hör auf.«

»Es ist doch so!«

Das Essen kam.

»Sieh dir das an. Nicht mal eine Salatdekoration am Tellerrand.«

»Lass es nicht wieder am Kellner aus, der kann nichts dafür. Und ich kann auch nichts dafür, dass du ständig fort bist und dich anderweitig amüsierst.«

»Und ich kann nichts dafür, dass du dich von einem Ehemann in einen Wachmann verwandelt hast. Du hast keine Ahnung, wie sehr mich das belastet. Ich möchte mich frei bewegen können, meine Arbeit tun und mich treffen, mit wem ich möchte, genauso, wie ich mit dir zusammenleben möchte.«

Sprengler lachte hart auf.

»Warum lachst du?«

»Kannst du dich denn nicht ein winziges bisschen in meine Lage versetzen?«

Selma hob erstaunt den Kopf.

»Das tue ich, seit wir zusammen sind.«

»Ich möchte wissen, was du wirklich über mich denkst.«

»Vielleicht bist du ohne mich glücklicher gewesen als mit mir. Jedenfalls bin ich keine Frau, deren Lebensinhalt es ist, sich um deine Wäsche zu kümmern und dich zu unterhalten.«

Sprengler schwieg. Selma setzte nach.

»Es ist unmöglich von dir, mir nachzuspionieren. Wie soll ich denn damit umgehen?«

Sprengler wurde bleich. Er konnte nicht antworten. Er hatte keine Wörter, keine Sprache für das, was er fühlte. Er befand sich in einer zähen Masse aus Traurigkeit und Wut, die für ihn undurchsichtig und unverständlich war. Er wusste ja selbst nicht, wie ihm geschah. Er konnte ihr nicht beichten, wie es um ihn stand, welche Eifersucht in ihm tobte, es war ihm nicht möglich, ihr von seinen inneren Kämpfen zu erzählen, dass sie immer stärker wurden, denn dann hätte er seine Abhängigkeit ihr gegenüber zugegeben, eine Abhängigkeit, die er nicht einmal sich selbst eingestand. Er versuchte ja, seiner Eifersucht Einhalt zu gebieten, er überließ sich ihr nicht widerstandslos, dennoch hatte er keine Möglichkeit, ihr zu entrinnen. Sie hatte sich wie eine Zecke in sein Herz gebissen und saugte ihn aus. Er wurde ohne Selmas Gegenwart immer unruhiger. Er fand keine Konzentration mehr zu schreiben, nicht einmal seine Lektüre fiel ihm leicht. Sie sagte ihm plötzlich nichts mehr. Auch er sehnte sich nach seiner Freiheit, die er verloren hatte, er fand keinen Weg, sie wiederzuerlangen. Manchmal glaubte er, seine Eifersucht überwunden zu haben. Schon nach kurzer Zeit musste er sich eingestehen, es sich nur eingeredet zu haben. Es brauchte nur eine kleine Gelegenheit, bis sie wieder aufblitzte wie eine stichbereite Messerklinge. Er verabscheute sich dafür und taumelte zwischen Liebe, Hass, Scham und Verzweiflung.

Selma schaute ihn erwartungsvoll an.

Sprengler nahm Selmas Hand in die seine und küsste ihren Handrücken.

»Es tut mir leid, Selma.«

Die tiefe Zärtlichkeit in ihren Augen erfüllte ihn mit einem Glücksgefühl.

Heiligabend verbrachten sie in der kleinen, gemütlichen Ferienwohnung. Es herrschte eine harmonische Stimmung zwischen ihnen. Am Morgen hatten sie Arm in Arm bei strahlendem Sonnenschein einen Spaziergang am Meeresufer entlang unternommen. Nachmittags saßen sie in freudiger Erwartung der Ente, die im Ofen brutzelte, bei Kerzenschein auf dem Sofa und tranken Sekt.

Selma griff in ihre Tasche, die neben ihr auf dem Boden stand, zog ein Geschenk heraus und überreichte es Sprengler.

Sprengler war verlegen.

»Wir wollten uns doch nichts schenken.«

Selma lächelte. »Mach's auf.«

Sprengler drehte und wendete das Präsent in der Größe eines DIN-A4-Umschlages. Das Geschenkpapier war mit Palmen bedruckt. Er löste den Klebestreifen, ein weißer Umschlag kam zum Vorschein. Er öffnete ihn, lugte hinein und zog eine Heftmappe heraus mit der Aufschrift:

*Heiliges Versprechen: Ich werde keinen Tag arbeiten!*
*Frohe Weihnachten, Deine Selma*

Sprengler warf Selma einen fragenden Blick zu. Sie erwiderte ihn mit verschmitztem Augenaufschlag.

»Lies weiter.«

Sprengler klappte die Mappe auf. Das Foto eines idyllischen Häuschens leuchtete ihm entgegen.

*La Palma, Puntagorda, 6.–14. Februar 2015, Buchungsnr. 3385*

*Die Finca bietet das passende Ambiente für Gäste, die das Authentische und erstklassigen Komfort schätzen. Das liebevoll eingerichtete und gut ausgestattete Ferienhaus ist perfekt für romantische Tage zu zweit, für Naturliebhaber und Wanderbegeisterte. Die frühlingshaft milden Temperaturen laden besonders zu Spaziergängen oder Wanderungen ein. Ganz in der Nähe verlaufen zwei Wanderwege leichten Schwierigkeitsgrades und Sie können direkt vom Haus aus Touren starten. Besonders schön ist es hier im Januar und Februar, wenn die Mandelblüte die ganze Region in ein rosa-weißes Blütenmeer verwandelt.*

Sprengler spürte, wie seine Wangen glühten. Er sprang auf und umarmte Selma.

»Ich glaub es nicht, du fährst mit mir zum Wandern in den Süden?«

»Na ja, ein bisschen Meer gibt es ja auch um die Insel herum.« Selma lachte. »Klar geh ich mit dir wandern, versprochen. Und ich werde nichts arbeiten.«

»Das ist das schönste Geschenk, das du mir machen konntest.«

»Die Flugtickets liegen in dem kleinen Umschlag«, sagte Selma. »Nichts kann uns mehr aufhalten.«

Es folgten wundervolle Wochen in Vorfreude auf die Reise. Sprengler hatte das Gefühl, geheilt zu sein. Er war glücklich, von seiner Eifersucht befreit zu sein.

Die Reise nach Puntagorda gehört zu Sprenglers schönsten Erinnerungen an seine Ehe. Selma hielt Wort. Sie hatte ihren Laptop zu Hause gelassen, in der ganzen Woche nicht eine Zeile geschrieben, keine Mails abgerufen und nicht einmal Fachliteratur mitgebracht. Auf ihrem Bücherstapel lagen Bücher zur Entspannung, »Die große Liebe« von Ortheil und »Léon und Louise« von Capus. Doch das Lesen war in diesem Urlaub nur zweitrangig. Selma und er machten herrliche Wanderungen durch die duftenden Mandelblütenhaine. Viele der Wege führten ohne Steigung am Hang entlang und boten einen bezaubernden Meerblick, der besonders Selma beglückte. Sie kehrten in Weinbodegas ein, besuchten das Mandelblütenfest im Ort und ließen sich von der Fröhlichkeit der Menschen anstecken. Auf ihr Meerbad verzichtete Selma nicht. Täglich fuhren sie mit dem Mietwagen an den nahe gelegenen Strand und verbrachten dort ihre Siesta. Sprengler lag im Liegestuhl, er fühlte sich jung und gesund. Er war sich sicher, er würde nun auch wieder mit dem Schreiben beginnen können.

*

27. Februar, Bärentag. Sprengler entschied, Selma zu begleiten. Selma hegte Misstrauen und hinterfragte sein Interesse. Er hatte darauf bestanden mitzufahren, es sei vorbei, sagte er zu Selma, sie brauche sich keine Gedanken zu machen, und er begründete seinen Wunsch, sie zu begleiten, mit dem schönen Wetter. Auch er selbst glaubte daran.

Es war ein sonniger Wintertag ohne Schnee mit einer Temperatur weit über null, ein Tag, der viele Menschen in den Zoo lockte. Zunächst war ein Vortrag geplant, danach sollte ein Gang zum Eisbärengehege folgen.

Selma stand mit Greiner auf dem Podium. Ihre Köpfe waren nah beieinander. Sprengler blieb gelassen. Sie mussten sich schließlich gegen den Lärm der Kinder verständigen. Sein Blick blieb auf ihnen haften. Die Köpfe berührten sich fast. Sprenglers Ruhe schwand, er konnte seine Gedanken nicht mehr im Zaume halten. Sie nutzten die Situation aus, um sich nah zu sein, um den Mund an das Ohr des anderen führen zu können. Sprengler wünschte sich plötzlich, dass auch Bärlein vom Aussterben bedroht wäre.

Früher wurden Eisbären erlegt. Ihre Kadaver wurden mit Äxten und Eissägen zerteilt, Hirn, Zunge, Herz, Blut, Schädel und Rippen an Mannschaft und Schlittenhunde verteilt!

Der Vortrag begann. Selma und Greiner sprachen im Wechsel.

Selma: »Ins Leben gerufen wurde der Welteisbärentag bereits im Jahre 2004. Der Polarbär ist ein Symbol der Klimaschutzbewegung geworden, denn kaum eine andere Tierart ist so akut durch das Abschmelzen der Polkappen bedroht wie der Eisbär.«

Greiner: »Eisbären leben in der Arktis, meist auf der küstennahen Packeisschicht, die das Nordpolarmeer rund um den Nordpol bedeckt. Der Eisbär ist – nach dem Kodiakbär – das zweitgrößte lebende Landraubtier. Männchen können über zwei Meter groß werden und wiegen durchschnittlich 400 bis 600 Kilogramm.«

Selma: »Das Fell der Eisbären erscheint durch die Reflexion des Sonnenlichtes weiß, es besitzt keine Farbpigmente. Es hat durchsichtige, hohle Haare, die die Wärme der Sonnenstrahlen direkt auf die darunterliegende schwarze Haut leiten. Mit dieser Körperbehaarung und einer bis zu zehn Zentimeter dicken Speckschicht ist der Eisbär gut geschützt gegen die extreme Kälte in der Arktis, die im Winter durchschnittlich minus 30 Grad Celsius beträgt.«

Greiner: »Der Bestand der Tiere wird weltweit auf ca. 20.000 bis 25.000 Tiere geschätzt, davon leben ungefähr zwei Drittel auf kanadischem Staatsgebiet.

In den letzten 30 Jahren wurden immer weniger Jungtiere gezählt. Durch das klimabedingte Abschmelzen der Packeisdecke können die Raubtiere zum einen keine Robben mehr jagen, und zum anderen ist die Aufzucht von Jungtieren durch das Schwinden des natürlichen Lebensraumes stark gefährdet.

Die Eisbären verlieren mit dem Verschwinden des

Treibeises den Boden unter den Füßen. Sie verhungern oder ertrinken bei der Jagd.«

Selma: »2040 wird es im arktischen Sommer überhaupt kein Treibeis mehr geben, sagen viele Klimaforscher voraus. Das bedeutet akute Gefahr für den ohnehin dünnen Bestand der Bären.«

Greiner: »Die Erderwärmung vollzieht sich in der Arktis etwa doppelt so schnell wie anderswo. Das dabei freigesetzte Schmelzwasser gilt für den ganzen Planeten als Bedrohung …«

Sprenglers Blick schweifte von Selma zu Greiner, von Greiner zu Selma. Er spürte, wie Hitze in ihm hochstieg.

»Niemand kann das Schmelzen der Gletscher aufhalten, und die Bären werden sowieso aussterben, das ist unausweichlich, mit allen Konsequenzen für unsere Umwelt und das Klima. Ich frage mich, welchen Zweck das ganze Gerede noch hat!«, rief Sprengler in den Raum hinein.

Selma versteinerte. Mit bebender Stimme ergriff sie das Wort: »Wenn die Eisbären aussterben, ist das das Zeichen einer weltweiten Klimakatastrophe. Es kann eine Sintflut geben, ganze Küstenstreifen, auch Teile von New York oder zum Beispiel die Kölner Altstadt können in den Fluten versinken. Es hat schon begonnen.« Sie räusperte sich. »Denken Sie an die Tsunamis. Denken Sie an Thailand, Bangladesch.« Ihre Stimme wurde wieder tragfähig und überzeugend. »Niemand will das hören, die Katastrophe wird kommen, wenn wir nichts unternehmen. Alle Untersuchungen am Permaeis untermauern das. Es könnte noch in diesem Jahrhundert eine Massenflucht ungekannten Ausmaßes geben, Milliarden von Menschen werden sich zu retten versuchen. Sie können sich vorstellen, was das bedeutet. Man muss etwas tun! Man muss die Welt wachrütteln! Noch können wir es verhindern. Meine und unser aller Aufgabe ist es, die Umwelt vor einer Katastrophe zu bewahren, solange es noch möglich ist. Und es ist noch möglich! Wenn wir weiterhin detailgenaue Untersuchungen in Arktis und Antarktis durchführen und weitere Kenntnisse über das Schmelzen der Gletscher gewinnen, wenn wir den $CO_2$-Ausstoß weltweit drastisch senken, gibt es noch eine Chance für ein Abschwächen der Klimaerwärmung. Dafür lebe und arbeite ich.«

Langer Applaus folgte.

Die Gruppe drängte sich aus dem Vortragsraum ins Freie. Auch Sprengler machte sich auf den Weg zu den Eisbärenfelsen.

Selma kam auf ihn zu, hielt ihn am Arm fest und zischte ihm ins Ohr: »Verschwinde, Olaf, und zwar sofort.«

Sprengler verzog den Mund zu einem Lächeln; es gelang ihm nicht. Seine Lippen bebten vor Anspannung. Er spürte, wie sich Tränen in seinen Augen bildeten. Er presste die Zähne zusammen, um sie am Fließen zu hindern.

*

Sie saßen beim Frühstück. Selma ignorierte ihn. Ihre Stirn hatte wieder die verengten länglichen Falten zwischen den Augenbrauen, die ihn vorwarnten. Sie griff nach einem Brötchen, schnitt es forsch in zwei Hälften, presste das Messer mit der Butter darauf und verteilte sie mit Säbelhieben. Sie biss in das Brötchen, kaute, nahm missmutig einen Schluck Kaffee aus dem Becher, den sie kraftvoll auf die Tischplatte zurückstellte und zum Überschwappen brachte.

»Du hast nach dem Rasieren schon wieder das Waschbecken nicht ausgespült.«

Sprengler schwieg. Er griff zum Appenzeller.

»Und jetzt säbelst du schon wieder Halbmonde in den Käse. Ich hasse das.«

Sprengler blieb stumm und begradigte die Käseenden.

»Olaf, es reicht. Ich kann nichts dafür, dass du in einer Krise steckst und deine Bücher nicht laufen. Ich kann auch nichts dafür, dass du ständig eifersüchtig bist. Du hast es ja gesehen, es hört einfach nicht auf. Bitte lass deine miese Stimmung nicht an mir aus, ja? Es war ekelhaft, wie du dich gestern verhalten hast.«

Ihr Zorn bebte im Klang ihrer Stimme mit. Sie war tiefer und gepresster als gewöhnlich.

»Entschuldige«, sagte Sprengler, »ich war nicht gut drauf.«

»Was heißt denn das, nicht gut drauf. Ich will nicht mehr, dass du in meine Veranstaltungen kommst. Und ich will auch nicht mehr, dass du weiterhin in meinen

Sachen stöberst. Ich habe vor dir nichts zu verbergen, und wenn du mich gefragt hättest, hättest du alles anschauen können, was mich und mein Leben betrifft.«

Selma schenkte sich neuen Kaffee ein. Die Wut war abgeebbt, sie blickte ihn jetzt eher mitleidig an, als würde sie das Gesagte zurücknehmen wollen. In moderaterem Ton sagte sie: »Vielleicht solltest du einfach etwas mehr mainstream schreiben. Vielleicht geht es dir dann besser.«

»Ja, ja, ich hab schon verstanden, dass du meine Bücher nicht magst.«

»Was soll denn das jetzt? Du weißt genau, dass das nicht stimmt. Ich finde deine Romane gut, und das habe ich dir auch oft genug gesagt. Sie sind eben nichts für die Masse. Du wünschst dir hohe Verkaufszahlen und Erfolg, und gleichzeitig schreibst du anspruchsvoll und literarisch, das geht nicht zusammen. Du musst dich entscheiden.«

»Soll ich Auftragsarbeiten vom Verlag annehmen? Darf es vielleicht ein kleiner Krimi sein? Möglichst ein Hundekrimi, die sind sehr beliebt zurzeit, Herr Sprengler, versuchen Sie es einmal, am besten mit Regionalbezug, das verkauft sich sehr gut, vielleicht ein Berliner Spitz oder ein Münchner Waldi? Etwas mehr Suspense würde Ihren Büchern guttun, und das Marketing könnte eine Mördergeschichte besser anbieten. Und die Buchhändler wüssten gleich, wo sie die Romane einordnen könnten, das ist sehr wichtig, Herr Sprengler, man sollte sich nie zwischen den

Genres bewegen, das überfordert das Marketing wie den Buchhandel, und natürlich auch das Feuilleton, man braucht heutzutage Schubladen, Herr Sprengler, keine innovativen literarischen Mischformen. Lassen Sie sich nicht auf Experimente ein, Herr Sprengler, das kann ich nur jedem ernsthaften Autoren empfehlen.«

»Ich bin nicht blind, Olaf, ich sehe, dass du gar nichts mehr schreibst. Vielleicht ist dein Anspruch zu hoch, du traust dich ja gar nicht mehr anzufangen. Es ist, glaube ich, nicht die Schuld der anderen. Du wolltest Schriftsteller werden, und du kannst Schriftsteller sein. Was fehlt dir denn? Warum bist du ständig unzufrieden? Meinetwegen schreib nach deiner Art, aber dann tu es auch. Steh zu deiner Arbeit und begnüge dich mit kleinen Auflagen. Wir haben das Haus, du weißt, Vater hat es mir überschrieben. Und ich verdiene genug. Es ist okay für mich. Mir persönlich ist es egal, wie viel Geld du mit dem Schreiben verdienst. Ich möchte, dass wir es schön miteinander haben.«

»So, davon merke ich nicht viel.«

Selma erhob sich.

»Mach, was du willst, nur eines, lass mich bitte aus dem Spiel, hör auf, mich zu verletzen und zu bespitzeln, ich kann nichts für deine Situation.«

»Ja, ja, die unschuldige Frau Doktor …«

»Weißt du, was dein wirkliches Problem ist, weißt du das? Du bist auf alles eifersüchtig, auf meine Arbeit, auf meinen Erfolg, auf meine Freunde und Kollegen. Ich hab genug davon.«

Die Tür knallte.

Sprengler hatte nach dem Misserfolg seines Auswandererromans keinen Roman mehr veröffentlicht. Eine längere Schaffenspause genügt, um für Leser und Verlag uninteressant zu werden, wenn man nicht einer der sehr bekannten Autoren ist. Sprengler hatte keinen großen Namen, er befand sich auf dem Sprungbrett zur Bedeutungslosigkeit. Ohnehin waren es heutzutage die jungen Autoren, die zählten. Es kam weniger darauf an, in welcher Qualität sie schrieben, viel wichtiger waren ihre Vermarktungsmöglichkeiten, wozu vor allem ein gutes Aussehen und fotogenes Auftreten gehörte.

Sprenglers Lektor, selbst nicht mehr der Jüngste, hielt zu ihm. ›Olaf, du musst bald was abliefern, sonst kann ich dich nicht halten. Wann kann ich mit deinem Manuskript rechnen?‹ Sprengler vertröstete ihn ein weiteres Mal. Sprengler gab vor, er sei mittendrin in der Geschichte, die Wahrheit war, dass er nicht wusste, in welcher Geschichte er steckte. Er erzählte dem Lektor etwas von einer geheimnisvollen Sache, er würde es schon noch erfahren, er solle Geduld aufbringen, es lohne sich, er könne nichts Näheres dazu sagen, er würde die Idee zerreden, wenn er sie preisgäbe, und so weiter und so fort.

Harald, sein Lektor, wiederholte seine Bedenken.

Es ginge nicht mehr lange gut und Sprengler solle zusehen, etwas abzuliefern. Er plane ihn für Herbst 2016 ein, anders ginge es nicht, das wäre der allerspäteste Termin, was bedeute, der Roman müsse bis Weihnachten, spätestens Ende Januar fertiggestellt sein.

# TRAUMWELT

Selma war nur noch unterwegs und hielt Vorträge, sowohl für Laien als auch für das Fachpublikum. Sprengler geriet immer mehr in den Hintergrund. An manchen Tagen nahm Selma ihn gar nicht mehr wahr. Sprenglers Unruhe wuchs. Je mehr sie sich von ihm zurückzog, desto stärker suchte er ihre Aufmerksamkeit.

Es war später Abend. Sie lagen im Bett. Selma las noch einen Artikel auf ihrem Tablet, bis sie gähnte, das Gerät beiseitelegte und Sprengler einen spröden Gutenachtkuss gab.

Selma knipste das Licht aus. Er hörte, wie sie wie jeden Abend ihr Kissen zusammenballte, damit ihr Kopf höher lag.

Sprengler tastete sich vor, legte seine Hand auf Selmas Bauch und streichelte ihn sanft.

»Ich bin total müde, Olaf.«

Er küsste ihr Ohr und flüsterte:

»Ich möchte ein Kind, Selma.«

Selma schob ihn vorsichtig von sich.

»Du weißt, ich möchte keine Kinder. Ich habe es dir gesagt.«

»Aber warum nicht?«

»Olaf, ich bin wirklich müde.«

»Warum nicht?«

Selma stöhnte auf.

»Lass bitte das Thema, ich habe meine Arbeit, sie füllt mich vollkommen aus. Ich will keinen Spagat zwischen Kind und Beruf, ich hab es dir schon öfter gesagt.«

»Aber ich kann mich um das Kind kümmern.«

»Du? Sei bitte realistisch. Wenn du schreibst, bist du zu nichts zu gebrauchen, das weißt du genau. Du hast ein Gedächtnis wie ein Sieb, und die gesamte Alltagsorganisation bleibt an mir hängen. Du überhörst ja sogar das Klingeln der Putzfrau. Und wir hätten nicht einmal Milch im Kühlschrank. – Olaf, bitte versteh endlich, ich will kein Kind.«

»Du denkst nur an deine Eisbären und die Gletscherschmelze.«

»Wenn die Eisbären …«

»HÖR AUF! Lass mich in Ruhe mit deiner Arktis, ich will jetzt schlafen.«

»Und wenn du noch einmal in einen meiner Vorträge kommst und unqualifiziert dazwischenstänkerst, dann setze ich dich vor die Tür, das sage ich dir jetzt klipp und klar.«

Sprengler drehte Selma den Rücken zu und rückte so weit wie möglich von ihr ab.

»Bitte, Olaf, du warst 50, ich 30 Jahre alt, als wir geheiratet haben. Ich habe nicht im Traum daran gedacht, dass du Kinder möchtest. Du hast es damals auch nie erwähnt. Sei ehrlich, du selbst willst es erst seit Kurzem.«

»Und wenn es so wäre?«

»Ich möchte es nicht, verstehst du? Jede Frau hat genauso wie ein Mann das Recht, keine Kinder zu wollen.« Ihre Stimme verhärtete sich. »Ich habe sowieso den Eindruck, dass du mich durch ein Kind nur enger an dich binden willst. Du lässt mir überhaupt keinen Raum mehr, ständig mischst du dich in meine Angelegenheiten ein. Überallhin folgst du mir. Was soll das? Verstehst du unter Liebe, dass ich mich nicht mehr frei bewegen kann?«

Sprengler schwieg. Er hätte ihr ins Gesicht schlagen mögen. Stattdessen fand er eine Antwort.

»Und was verstehst *du* unter Liebe, Gletscherfee?«

Sprengler genoss ihre Verblüffung. Selma riss ihr Bettzeug an sich und zog auf die Couch in ihr Zimmer um.

Sprengler lag hellwach im Bett. Er fragte sich plötzlich, ob sie hier mit Greiner … Schließlich konnte er sie nicht jede Minute überwachen, auch er hatte Termine. Vielleicht hatte Bärlein in seinem Bett gelegen, in seiner Dusche geduscht. Sprengler sprang auf und lief ins Bad, wie eine Hyäne schnüffelte er nach Greiners Gerüchen, er suchte die Becken und Kacheln nach fremden Haaren ab, schnupperte an den Handtüchern und prüfte, ob eines nicht wie gewohnt am Haken hing. In ihm sauste wieder dieses Sirren im Kopf, das ihm keine Ruhe mehr ließ. Er eilte in den Waschraum und durchwühlte den Wäschekorb. Der muffige Geruch von Unterhosen, feuchten Handtüchern und verschwitzten Hemden schlug ihm entgegen. Alles, was er fand, war sein eigener Schmutz, er hockte vor seinem eigenen Haufen Dreck. Seine Knie schmerzten auf den eisigen Bodenfliesen. Schmerz und Kälte zogen bis in sein Herz hinauf. In tiefer Scham und Verzweiflung ging er wieder hinauf.

Um sich zu betäuben, setzte er sich vor den Fernseher. Er dämmerte im schwarzledernen Sessel, die Beine über Kreuz auf dem Hocker abgelegt, und zappte, die Fernbedienung in der rechten Hand, durch die Kanäle. Er hatte kein Licht gemacht, nur der bläuliche Schein des Bildschirms beleuchtete den Raum.

Kriegsbilder, Panzer, Krimi, Schüsse, Kriegsbilder, Tote, Comedy-Gelächter, Krimi, Schüsse, Tierfilm, Affenkreischen, Krimi, Kochen, Pfannengericht, Quiz, Shopping, Fußball, Tröten, Krimi, Schüsse, Liebe, Küsse, Krankheit Krebs, Krieg Irak, Krieg Afrika, Krieg Europa, Flugzeugabsturz, Boxen, Porno, Thriller, Blut.

Sprengler stellte den Ton ab und zappte weiter. Schnitt, Schnitt, Schnitt. Es schien ihm, als säße er in einer Geisterwelt mit sich ständig verändernden Fratzen, die ihn anstarrten. Die schnelle Folge der Bilder versetzte ihn in eine Stimmung, die seine Verzweiflung schürte. Als würden die lachenden und weinenden, die fröhlichen und ernsten, die lebenden und toten Gesichter ihm stumm zurufen, wie verwirrt sein Kopf war, und ihn auffordern, Ordnung darin zu machen.

Sprengler schaltete das Gerät aus und warf die Fernbedienung durchs Zimmer.

*

Samstag. Sprengler hörte Selma im Flur, horchte, wie sie den Schuhschrank aufklappte und ihre Schuhe auf die Fliesen stellte.

Er schritt auf sie zu.

»Wohin gehst du?«

Selma antwortete nicht.

»Wohin, Selma?«

»Was willst du hören?«

Sprengler ergriff ihren Arm.

»Au, bist du völlig übergeschnappt? Lass mich sofort los.« Sie entriss ihm ihren Arm. »Meine Güte, ich will nur shoppen gehen.«

»Dann komm ich mit.«

»Das wirst du nicht tun. Ich möchte allein gehen. Du hasst es zu shoppen, du hast überhaupt keine Geduld. Ich brauche Zeit, sonst macht mir das keinen Spaß.«

»Ich werde dich nicht hetzen, ich berate dich.«

»Jetzt ist Schluss, Olaf, ich geh allein. Hast du verstanden?«

Sie ging Richtung Einkaufszentrum. Sprengler versteckte sich hinter einem Baumstamm. Sie ging, als würde sie schlendern, sicher war das nur ein Täuschungsmanöver, sicher war sie auf dem Weg zu *ihm*. Sprengler folgte ihr, jede Möglichkeit nutzend, die ihm Deckung bot. Selma blieb stehen, zog ein Taschentuch hervor und schnäuzte sich. Weiter. Den nächsten Halt machte sie vor dem Dessousladen. Sie blickte ins Schaufenster, betrat das Geschäft. Sprengler zog ein reißender Schmerz durch die Brust. Er hatte also recht. Sie kauft sich Reizwäsche für ihr Rendezvous. Er lauerte an der Hausecke, lauerte, sah sie schließlich durch die Scheibe an die Kasse gehen, sie reichte Geld über den Tresen.

Da, da kam sie mit einer Einkaufstüte heraus, wahrscheinlich hatte sie ihre alte Wäsche darin und die neue, rot leuchtend, gleich anbehalten.

Sie lief weiter, beschwingter, wie ihm schien. Nächster Halt, der Kiosk, eine Zeitschrift, er konnte nicht erkennen, welche. Sie betrat das Bistro, ihr Kennenlern-Bistro, also hier würden sie sich treffen, das war infam, und sie dachte wirklich, er würde das nicht mitkriegen, er würde es ihr schon zeigen. Sie setzte sich an einen Fenstertisch, winkte einem Kellner, bestellte, schlug die Zeitschrift auf. Sie wartete auf IHN, keine Frage, das war geschmacklos, gemein, hinterhältig! Er brauchte einen Beweis! Warten, bis Greiner kam und sich an ihren Tisch setzte, wahrscheinlich würde er sie vorher zur Begrüßung küssen, und Sprengler, Sprengler würde warten, bis sie in Bärleins Wohnung gehen, dort würde er sie in flagranti erwischen, ja, so würde Sprengler es machen, Sprengler war kein Idiot. Sprengler schwitzte, seine Kehle war wie zugeschnürt.

Er wartete bereits eine Viertelstunde, als … Claudia erschien. Sie betrat das Bistro und bewegte sich auf Selmas Tisch zu, sie umarmten sich, gaben sich Küsschen auf die Wangen. Täuschungsmanöver, sie deckte Selma, wie sollte es anders sein, sie war ihre beste Freundin. Sie wusste alles. Sprengler belauerte sie, bis die Frauen aufstanden, sich verabschiedeten und getrennte Wege gingen.

Sprengler blieb an Selmas Fersen. Sie stoppte vor einem Antiquariat. Im Eingang stand eine Bücherkiste, es war ein klappriger Holzkasten mit staksigen Beinchen, der bei jedem Buch, das Selma berührte, bedenklich wackelte. Sie stöberte und blätterte, Sprengler stellte sich den typischen Geruch alter, verstaubter Bücher vor, er konzentrierte sich wieder auf Selma, sie wühlte in diesem bunten Angebot, wahrscheinlich eine ungeordnete Bandbreite vom Kochbuch für Junggesellen, Scheidungsratgebern, Gartenlexika, Trivialromanen und sonstigem Schund. Selma schien sich fast schon vom Kasten abzuwenden, als sie ein weiteres Mal blätterte und einen Bildband herauszog, Sprengler erkannte es an dem Format. Wahrscheinlich wieder ein Arktis- oder Eisbärenbuch. Plötzlich befiel Sprengler ein Gefühl, das ihm ins Herz schnitt, er wusste nicht, wie ihm geschah. Er dachte an den ersten Vortrag, den er von Selma gehört hatte, ein Gefühl des Verliebtseins übermannte ihn. Selma nahm das Buch in die Hand, öffnete es in einer Weise, die ihre Anspannung und Neugier verriet, denn sie klappte den Einband nicht schnell auf, was immer eine Form von Oberflächlichkeit einem Buch gegenüber ausdrückt, sondern sehr langsam, fast vorsichtig, in einer erhabenen Pose, als enthielte dieses Buch einen unbekannten Schatz oder ein Geheimnis. Behutsam schlug sie Seite für Seite um und betrachtete die Fotos, die sie Zeit und Raum vergessen ließen. Sprengler wäre am liebsten zu ihr gelaufen, um sie zu umarmen. Er beherrschte sich, er hatte eine Pflicht. Sein Gemüt verdunkelte sich wieder. Selma betrat den Laden, kam kurz darauf wieder heraus, sie hatte das Buch gekauft, seine Umrisse zeichneten sich in der Dessoustüte ab. Es fiel ihm wie Schuppen von den Augen, es war ein Geschenk für *ihn*, das Buch war für *ihn*! Ich werde euch erwischen, dachte Sprengler, ich bin nicht so einfältig, wie ihr denkt.

Selma schlenderte weiter. Vor dem Kommunalkino studierte sie die Plakate. Sie hatten sich also im Kino verabredet, vielleicht saß er schon lange im Zuschauerraum.

Sie löste eine Karte.

Sobald Selma verschwunden war, eilte Sprengler zur Kasse.

»Einmal den gleichen Film wie die junge Frau eben.«

Die Kassiererin stutzte. »Purple Rose of Cairo?«

»Ja bitte.«

Sprengler schlich sich in den Kinosaal. Selma hatte sich mittig platziert. Sie war allein, also war Greiner noch nicht da. Sprengler wählte die hinterste Reihe, wo es am dunkelsten war.

Plötzlich drehte sich Selma um, Sprengler duckte sich und tat so, als ob er etwas aufheben wolle, was ihm hinuntergefallen war. Das Licht wurde verdunkelt. Sprengler tauchte wieder auf. Die Werbung begann. Ein Standbild mit Musikuntermalung, Textilhaus Groth – Schnitt. Elektromeister Ratjens, gründlich und pünktlich. Immer wieder drehte Sprengler sich zum Eingang hin, obwohl es unsinnig war, denn er würde Greiner auch sehen, wenn er den Gang entlangschritt.

Der Film begann, die Filmmusik ertönte, I'm in heaven, I'm in heaven, eine junge Frau stand verträumt vor dem Kino. Eine Kellnerszene, der Ehemann. Sprengler sah sich wieder um. Nichts. Er blickte wieder zur Leinwand. Die Frau, sie hieß Cecilia, betrat das Kino. Selma saß immer noch allein in der Reihe. Sprengler blieb. Er ließ sich nicht ins Bockshorn jagen, er nicht! Baxter verließ die Leinwand. Sie verliebten sich. Ein Kuss.

Sprengler blieb. Shepherd kam. Er umwarb Cecilia. Sie entschied sich für ihn. Baxter ging wieder in die Leinwand zurück. Shepherd verließ Cecilia, er hatte sie nur ausgenutzt. Sprengler sah, wie Cecilia sich wieder ins Kino flüchtete. Sprengler weinte. Der Abspann rollte über die Leinwand, Sprengler erschrak und schnellte von seinem Platz auf, huschte vor den anderen ins Freie, um Deckung zu suchen. Selma schritt die Stufen hinunter und bog nach rechts ab.

Sprengler folgte ihr. Er folgte ihr bis vor seine eigene Haustür. Er stand vor der Tür und befand sich in einem Gefühlschaos zwischen tiefer Traurigkeit und untergründigem Zorn. Ein Gedanke drängte sich ihm auf. Sie musste etwas bemerkt haben, er würde sie schon noch erwischen. Was aber geschah mit ihm, wenn sich seine Annahme tatsächlich bestätigte? Würde er den Beweis des Verrats verkraften können? Würde er außer sich geraten? Oder würde er sich fragen, warum er es nicht hatte verhindern können? Sprengler fühlte sich in zwei Personen aufgespalten, in eine, die vor Wut schäumt, und in eine, die verzweifelt und schuldhaft mit sich selbst haderte.

Er öffnete die Haustür. Selma kam in den Flur.

»Du bist mir nachgegangen, nicht wahr?«

Sprengler senkte die Augen.

»Warum, Olaf? Was soll das? – Bitte sieh mich an und sprich mit mir.«

# MÄCHTE

Sprengler hatte wieder mit dem Rauchen angefangen. Selma hasste den Geruch. Sie hatte ihm untersagt, im Haus zu rauchen, sie könne den Gestank nicht ertragen und bekäme Kopfschmerzen davon, und ob ihm denn nicht klar wäre, was auf jeder Zigarettenpackung in großen schwarzen Lettern zu lesen war. Er könne machen, was er wolle, sagte er, und er würde in seinem Zimmer rauchen, wann er Lust dazu hätte. In jenem Moment stellte er sich vor, wie Selma rief, es sei ihr Haus und sie allein könne bestimmen, ob darin geraucht würde oder nicht, aber sie tat es nicht.

Er war schon wieder bei einer Schachtel pro Tag. Die Schwaden waberten dunstig durch sein stinkendes Zimmer. Der strenge Tabakteergeruch setzte sich in seiner Kleidung fest und fraß sich in seine Haut hinein. Er hatte einen schlechten Geschmack im Mund, der ahnen ließ, wie es mit seinem Mundgeruch bestellt war. Raucher haben keine Chance, Raucher stinken durch alle Poren, kein Duschgel, keine Zahnpasta, kein Mundwasser hilft. Er mutete es Selma zu, er war längst wieder süchtig geworden, er brauchte die Zigarette zwischen seinen Fingern, das Saugen am Filter, die tiefen Lungenzüge, die Rauchfahne, die er wieder ausstieß, das Ascheabklopfen, das Kippeausdrücken, bis der Aschenbecher überbordete.

Selma lügt nicht, sie verschweigt mir nur alles, brodelte es in seinem Hirn. Vielleicht hatte sie längst ihre engsten Freundinnen eingeweiht, und nur er war der unwissende Hahnrei.

Das Klicken der Tasten erstirbt. Sprengler nimmt einen tiefen Zug aus seiner Zigarette. Der Rauch, der beißend die Lungenwände herunterrauscht und sich bis in die Spitzen seiner Lunge ausdehnt, bis er ihn vehement mit verengten Lippen wieder in den Raum stößt, lässt eine Frage aufsteigen, die Sprengler sich bislang noch nicht gestellt hat.

Selbst wenn seine angenommene Realität wahr wäre, was hätte das für ihn geändert? Worin besteht der Unterschied zu glauben, betrogen zu werden oder tatsächlich betrogen zu werden? Und was heißt überhaupt *betrogen werden*? Wo fängt es an und wo hört es auf?

Er betrachtet die Bücherstapel, die er um sich versammelt hat. Alle Bücher sind mit zahlreichen verschiedenfarbigen Haftnotizstreifen bestückt, die sich wie ein Indianerfederschmuck durch die Seiten ziehen. Er braucht etwas, was ihm weiterhilft. Texte, die ihn bei dem eigenen Projekt inspirieren und auf den Weg bringen, die sein Thema behandeln, über das er schreibt, in denen er sich wiederfindet, Worte, von denen er sich Beistand und Einsicht erhoffen kann.

Sprengler blickt über den Bücherberg. Das Hoffen ist das eine, ob es gelingt, bleibt offen.

*

Selma kam früher als sonst von der Arbeit. Sie legte ihre Kleidung ab und verschwand sofort im Badezimmer. Sprengler hörte Duschgeräusche. Sie kam mit Bademantel und Handtuch um den Kopf gewickelt heraus, holte sich ein Glas Mineralwasser aus der Küche, trank.

Sprenglers Misstrauen keimte wieder auf.

»Willst du noch weg? Du hast gar keinen Vortrag.«

Selma setzte das Glas ab.

»Ich sag es dir klar und offen, damit du nicht wieder anfängst, mir nachzuspionieren. Lutz hat mich heute Abend zum Essen eingeladen, um mit mir eine wichtige Angelegenheit zu besprechen. Hast du es nicht in den Nachrichten gehört? Shell hat die Erlaubnis bekommen, in der Arktis nach Öl und Gas zu bohren. Sie werden die ganze Arktis durchlöchern. Weißt du, was das bedeutet? Wir müssen dazu Stellung beziehen und ein internationales Protestpapier entwickeln.«

Sprengler spürte, wie das Adrenalin in ihm anstieg.

»Wieso musst du das mit Greiner besprechen? Du gehst nicht hin, du bleibst zu Haus.«

»Natürlich gehe ich.«

Sie bückte sich und stieg in ihre Schuhe. Sprengler versperrte ihr den Weg zur Tür.

»Du gehst nicht!«

»Olaf, lass mich sofort raus.«

Er wich nicht von der Tür. Selma drehte sich abrupt um und lief zum Hinterausgang, sie brauchte zu lange, um die Tür aufzuschließen. Sprengler zog sie von der Tür weg. Ihr fassungsloser Blick drang in ihn ein. Sie blieb zitternd stehen und schwieg.

»Hau doch ab, geh zu ihm, geh mit ihm ins Bett, du kannst mir ja heute Nacht erzählen, wie es war«, keuchte Sprengler.

Selma standen die Tränen in den Augen.

»Du bist krank, Olaf, so geht das nicht weiter.«

Selma ging zur Haupttür zurück, öffnete sie und verließ das Haus.

Die Tür fiel ins Schloss. Sprengler blieb zurück und sah, wie Selma mit Greiner Liebe machte, sah ihre nackten Körper im Kerzenschein glänzen, sah jedes Detail, die Hände, die über die Haut glitten, die Münder, die sich suchten und aneinanderpressten. Er selbst trug seinen karierten Schlafanzug, es war der mit dem ausgeleierten Gummi; wie ein alter Mann stand er im Türrahmen und hörte das Stöhnen, das sich zu Lustschreien steigerte.

*OTHELLO: Das Taschentuch, das ich so liebt'*
*und dir gab,*
*Du gabst es Cassio!*
*DESDEMONA: Nein! Bei meinem Leben*
*Und meiner Seele! Schick nach ihm und frag ihn!*

*OTHELLO: Hüte dich, teure Seele, hüte dich vor Meineid! Du liegst auf deinem Sterbebett.*

*

Niemeyers Rasenmäher rattert. Das Rasenmähen dauert etwa eine Stunde, einschließlich Rasentrimmer, dann folgt der Laubsauger, der die einzelnen Blättchen bei circa 100 Dezibel von den Fliesen fortbläst. Als Abschluss der Motoren-Sinfonie röhrt der Kärcher, um das Moos von Garagenwand und Fliesen zu druckstrahlen, bis es als grüne Soßenpfütze im Erdreich verendet. Sprengler nimmt seinen Lärmschutzkopfhörer aus der Schublade, den er für die Gartentage der Nachbarn im Baumarkt erstanden hat. Er klemmt ihn über die Ohren. Sprengler sitzt nun vor dem Bildschirm mit den roten Hörern, die ihm den Kopf einschnüren. Sie dämpfen den Außenlärm, doch der innere Druck, den Sprengler in seinem Hirn trägt, verstärkt sich. Er beginnt in rasendem Tempo zu tippen, ohne das Geräusch der Tasten zu hören. Im taubstummen Blindflug der Finger formen sich die Buchstaben zu Bedeutungen, die nicht mehr zu vernichten sind.

Sprenglers Zustand verschlimmerte sich. Er dachte nicht einmal mehr ans Schreiben. Vielleicht erschien es ihm sogar als eine Art Erlösung, nicht mehr erfinden zu müssen. Dennoch erkannte er sich nicht in der Person wieder, die er jetzt war, der betrogene Ehemann, der einen Beweis für die Untreue seiner Frau suchte, der nicht mehr aufhören konnte, sie zu observieren. Wenn er in den Spiegel schaute, war ihm der Mann, den er sah, fremd geworden. Es hatte sich ein Zug in sein Gesicht eingekerbt, ein Zug der Verletzung, der Gram und hilflosen Zorn in sich trug, und es machte ihm Angst, ihn zu betrachten.

Niemals entpuppte sich eine Gewissheit, Sprengler wälzte seine Mutmaßungen in seinem Kopfe hin und her, sie waberten in einer zähen Masse der Verdachtsmomente, die sich nie bestätigten. Sie verklebte seinen Geist und verhinderte die Hoffnung auf ein gutes Ende, denn er war nur darauf gerichtet, die verheerende Wahrheit, die in seinem Hirn lebte, immer wieder zu beleben und zu beweisen.

Er interpretierte Selmas Gesten und Worte als Täuschung, hinter jeder Bewegung, hinter jeder Äußerung verbarg sich Verrat, ebenso hinter jedem Schweigen. Du denkst an ihn, nicht wahr, Selma? Gerade eben hast du es getan, stimmt's? Du kannst mir nichts vormachen, sei ehrlich, sag schon, sag es!

Nahm sie den Telefonhörer ab und rief: Hallo, du, Olaf und ich sind gerade beim Essen, ich ruf dich später zurück, dann vermutete Sprengler Greiner als Anrufer, einerlei, was Selma ihm sagte, und er sprang auf und überprüfte die Anruferliste. Oft fehlte eine Anruferinfo auf dem Display; auch das wertete er als verborgenen Versuch Greiners, Selma zu sprechen.

Gelegentlich tat Selma so, als hätte sich jemand verwählt, und legte sofort auf, oder sie schimpfte über die Versicherungen und Unternehmen, die mit ihrer Telefonwerbung immer dreister wurden. Für Sprengler bestand immer die Gewissheit: Greiner war am Apparat.

Mehrmals am Tag rief Sprengler Selma in ihrem Büro an. Am Abend stand er vor dem Institut, er durchstöberte weiterhin ihre E-Mails. Er fand keinen Beweis für seine Vermutung. Allein die seelische Intimität zwischen Selma und Greiner brachte ihn immer wieder in eine emotionale Verfassung, in der sich Trauer und Rage vermengten.

Ständig malte er sich ihre Zusammenkünfte aus, bis ihn die Verzweiflung und der Schmerz im Herzen mahnten, damit aufzuhören. Sein Hirn machte weiter, gnadenlos tanzten die Bilder vor seinen Augen und gaben ihm recht. Manches Mal schlüpfte Sprengler in die Gestalt Greiners und versuchte, seine Gefühle und Gedanken aufzuspüren. Er stellte sich vor, wie es war, in seinem athletischen Körper zu stecken und sein Herz nach außen zu tragen. Es versetzte ihn in Wut und Neid und in eine untergründige Angst vor der Lebensfreude und der Freiheit, die sich ihren Weg an die Oberfläche bahnte.

# RÜCKZUG

Sprengler hatte schon drei Tage in Folge allein zu Abend gegessen und lustlos Pizzen aus der Tiefkühltruhe verspeist. Weder schmeckten sie ihm noch stillten sie den Hunger, ihm fehlte jedoch der Antrieb, etwas Gesundes und Schmackhafteres zu kochen oder sich wenigstens einen Salat zu mischen. Sprengler nahm eine Tüte Chips aus dem Schrank, seine bevorzugte Marke, die geriffelten, nur mit Salz gewürzten Scheibchen; er riss die Tüte auf, schob sich ein Plättchen nach dem anderen in den Mund, ohne damit aufhören zu können; das stete Kracken, es hörte sich an wie spröde Muschelschalen, die im Innern seiner Ohren zersplitterten, förderte tausend ungute Gedanken an die Oberfläche. Vielleicht hockte Selma mit Greiner allein im Institut, vielleicht hatten sie sich eine Flasche Wein aus dem Schreibtischfach geholt und saßen in diesem Moment bei Kerzenschein im Büro … Krack, Krack, oder waren sie bereits in seiner Wohnung? Sollte er hinfahren und warten, bis sie herauskam? Er hatte schon öfter vor Greiners Wohnung gestanden, als Selma immer später von der Arbeit zurückkam. Er lebte in einer Gästewohnung des Instituts. Sprengler suchte sich einen geschützten Platz hinter einer Litfasssäule. Er harrte dort nach Selmas offizieller Dienstzeit aus, er weiß nicht mehr, wie oft er dort gestanden hatte, dennoch sah er Greiner immer allein in seine Wohnung hinaufgehen, sie befand sich im zweiten Stock, er sah es an dem Zimmerlicht, das, kurz nachdem Greiner das Haus betrat, aufleuchtete. Manchmal zog er auch den Vorhang beiseite und stellte ein Fenster auf Kipp.

Er wird anrufen, jetzt sofort, er wird ja sehen, ob Greiner ans Telefon geht und in welchem Stimmklang er mit ihm spricht, Sprengler kann er nichts vormachen, Sprengler nicht!

Er hörte die Tür klappen, Selmas Absätze klackten auf den Flurfliesen, die Tür fiel ins Schloss, Schlüsselklimpern, das Schlüsselbund liegt jetzt auf der Ablage, Mantelgeraschel, der Kleiderbügel klappert, sie streift die Schuhe ab, schlüpft in die Sandalen, sie klingen weicher, nur ein gepolstertes Ploppen der Gummisohlen auf dem Fußboden, die sich Schritt für Schritt Richtung Küche bewegen.

»Hallo«, rief sie und gab ihm einen Kuss auf die Wange, flüchtig, wie ihm schien. »Ist wieder spät geworden heute.« Sie blickte auf Sprenglers Pizzamahlzeit. »Ich hab schon gegessen, wir haben uns was vom Vietnamesen geholt, das Essen dort ist wirklich lecker.«

»Wer ist wir?«

Selma verdrehte die Augen. »Ich werde dir darauf nicht mehr antworten.«

Sprengler verfiel in seine Litanei.

»Liebst du mich denn überhaupt nicht mehr? Hast

du mich jemals geliebt? Sag es, du liebst Greiner, ich weiß es, du bist in ihn verliebt!«

Selma stöhnte auf und fuhr sich durch die Haare, die jetzt ungeordnet nach oben abstanden.

»Ja, ja, ja, ich liebe ihn, nur ihn, und ich habe schon 20 Mal mit ihm geschlafen, oder waren es 40 Mal, was möchtest du hören? Ich habe eher den Eindruck, du dichtest mir deine eigenen Wünsche an.«

Ihr Mund hatte sich verhärtet zu einer schmalen Halbmondsichel mit nach unten gezogenen Ecken.

Sie setzte sich zu ihm.

»Ich halte das nicht mehr aus, Olaf, ich kann nicht mehr. Ich glaube, wir haben uns verloren.«

»Weil du es mit Greiner treibst, Selma, deshalb. Ich weiß Bescheid.«

Selma wurde laut.

»Da sind auch noch viele andere, Peter, Friedhelm, Thomas, ich bekenne, ich habe viele Männer zu Freunden, ich habe alle Briefe versteckt, ich verstecke alles vor dir, aber du wirst schon fündig werden, du schnüffelst ja dauernd in meinen Sachen herum. Und deine ständigen Fragen ertrag ich auch nicht mehr. Wohin fährst du? Warum hast du nichts gesagt? Wer ist dieser Mann? Woher kennst du ihn? Woher kommst du? Warum kommst du so spät? Hör auf, mir deine eigene Fantasie unterzuschieben, Olaf.«

Ihr aufrechter Körper sackte in sich zusammen. »Was ist mit uns geschehen, warum bist du so misstrauisch geworden? Ich begreife das nicht.«

»Du bist ständig unterwegs. Du nimmst mich gar nicht mehr wahr.«

»Das stimmt überhaupt nicht, du erwartest zu viel von mir. Ich habe einen Beruf, ich bin nicht dazu da, dir die Zeit zu vertreiben. Ich freu mich, wenn wir etwas zusammen unternehmen, dennoch darf und werde ich meine Arbeit nicht vernachlässigen.«

»Du könntest die vielen Vorträge aufgeben.«

»Nein, das gehört zu meiner Arbeit, man muss nach außen gehen, sonst ist alle Mühe umsonst. Ehrlich gesagt, glaube ich, du würdest es lieber sehen, wenn ich meine Arbeit ganz aufgebe und nur für dich da bin, aber erstens müssen wir von irgend etwas leben und zweitens liegt es, denke ich, an deiner Schreibkrise, die dich so misstrauisch macht. Es würde dir helfen, wenn du dich wieder auf deine Arbeit konzentrierst und nicht hinter jedem Treffen, das ich mit jemandem habe, einen Seitensprung vermutest. Ständig unterstellst du mir, ich würde dich vernachlässigen und hintergehen. Ich mag dir schon gar nichts mehr erzählen. Bei jeder kleinen Bemerkung hakst du ein, ich weiß schon vorher, was du sagen und fragen wirst. Nicht ich gefährde unsere Ehe, du bist es. Ich kann das nicht auffangen. Du solltest dir Hilfe holen.«

»Du bist der Grund, warum ich nicht mehr zum Schreiben komme, du allein. Es ist dein Verhalten, das alles kaputt macht!«

»Wie du meinst, ich habe nicht mehr die Kraft, weiter zu streiten.«

Selma erhob sich. Gebeugt wie eine alte Frau verließ sie die Küche. Sprengler hörte, wie sie müde die Treppe emporschritt, die Tür zu ihrem Zimmer öffnete und hinter sich abschloss. Sprengler war wieder allein. Er schlug mit der Faust auf die Chipstüte. Danach herrschte dunkle Stille. Nur der Kühlschrank summte sein stetes, frostiges Lied. Er saß da, starr und unbeweglich, das kalte Summen in den Ohren, saß, bis aus Selmas Zimmer Schneemusik ertönte.

Am nächsten Morgen lag Selma mit Fieber im Bett. Sie klagte über Glieder- und Kopfschmerzen. Sprengler umsorgte sie von morgens bis abends. Er hatte allerlei Hausmittel parat, die er Selma nun verabreichte. Selma wollte in Ruhe gelassen werden, Sprengler kochte Tees, brachte Wärmflaschen, Obststückchen, Hühnerbrühe, Säfte, er kümmerte sich rund um die Uhr, bis Selma nicht mehr wusste, was sie mehr anstrengte, die Krankheit oder seine Fürsorge. Sprengler empfand sich als liebevoll, und er freute sich, Selma für ein paar Tage für sich allein zu haben.

*

Selma sprach kaum noch mit Sprengler, und wenn, dann nur über Alltägliches. Früher war sie nicht so gewesen, früher hatten sie sich über Gott und die Welt unterhalten. Sie hatten lange Spaziergänge gemacht oder bis nach Mitternacht am Küchentisch gesessen, und ihr Gesprächsstoff war nie ausgegangen. Jetzt suchte Selma krampfhaft nach Belanglosigkeiten und hütete sich, irgendetwas zu erwähnen, was ihn aufbringen könnte und seine Eifersucht schürte. Über ihre Arbeit oder gar über Greiner schwieg sie sich vollkommen aus. Sie interessierte sich auch nicht mehr für seine Belange. Sie erkundigte sich nicht mehr nach seinem Schreiben, ob es ihm gut ginge oder nicht, ihre Nähe war ihm vollkommen abhandengekommen. Auch ihr Lachen hatte er verloren. Selma hatte sich verändert, statt der Lebenslust, die sie manches Mal ausstrahlte, legte sich ein verhärmter Zug über ihr Antlitz.

Sprengler ertrug die Entfremdung nicht länger. Er wollte wieder mehr Nähe zu ihr. Mich trifft keine Schuld, ich habe es nicht darauf angelegt, dachte er mit einem diffusen Gefühl von Verlust und Verrat.

Welche Rolle spielte er denn noch? Er war nur noch Luft für sie.

Nacht für Nacht lagen sie wie zwei Wachsfiguren nebeneinander. Im Dunkeln lastete die Anspannung dieser getrennten Nähe oder nahen Getrenntheit. Sprengler musste an den Abend denken, an dem er die Initiative übernommen hatte, um mit ihr zu schlafen. Selma wehrte ihn nicht ab, aber in jener Nacht liebten sie sich in einer Weise, die in einem vorzeitigen Ende mündete.

Sprengler greift zum Bordeaux, der neben ihm auf dem Fußboden steht, setzt den Korkenzieher an, dreht ihn hastig in den Pfropfen, er muss aufstehen, um ihn mit der nötigen Kraft zu entkorken, klemmt die Flasche zwischen die Beine, zieht, bis der Korken mit einem Plopp aus dem Flaschenhals entweicht. Weinaroma verteilt sich in der Luft. Er neigt die Flasche, der schwarzrote Saft gluckert in das kleine französische Tavernenglas ohne Stiel, das neben seinem Laptop steht. Er setzt es an die Lippen, lässt den Wein in seinen Mund fließen, verteilt die Flüssigkeit im Mundinnern in alle Winkel, bevor er sie die Kehle hinunterlaufen lässt. Als er das Glas wieder auf der Tischplatte absetzt, fallen ihm die fettigen Spuren seiner Lippen am Glasrand auf. Er weiß nicht, warum ihn dieser Abdruck traurig stimmt.

Die Spuren deiner Lippen, kommt ihm plötzlich in den Sinn, kannst du fortwischen, das, was geschehen ist, nicht. Du kannst es nicht wegpolieren. Selma ist tot. Es ist zu spät, zu spät für alles. Nur die Erinnerung bleibt. Und es gibt keine Möglichkeit der Korrektur. Es gibt keine Chance eines Neuanfangs.

Warum hast du kein Vertrauen zu mir? Was tue ich, was dich so aufbringt? Ich bin nicht dein Eigentum, du hast mir gar nichts zu verbieten, hört er Selma rufen. Warum quälst du mich so, Olaf? Warum? Was erwartest du eigentlich von mir? Soll ich mich deinen Hirngespinsten beugen? Das wird nicht geschehen, ich werde mich nicht verbiegen, ich lebe so, wie ich lebe, ich werde weiterhin arbeiten und mit Menschen verkehren, auch mit Männern, und ich werde auch meine Zuneigung, die ich für sie empfinde, nicht verbergen.

Manchmal gab es eine Versöhnung, schon am nächsten Tag spürte Sprengler ein neues Detail auf, das eine unbedeutende Situation zum Drama machte. Immer wieder versuchte er, sie in Verlegenheit zu bringen, und beschuldigte sie, ihn zu betrügen. Jeder Anlass war ihm recht. Sprengler spulte seinen Film ab, bei dem er sein eigener Regisseur war.

Selma ging nicht mehr auf seine Anschuldigungen ein. Sie vermied Auseinandersetzungen, indem sie sich in Schweigen hüllte und zurückzog. Sie telefonierte nur noch, wenn Sprengler das Haus verließ, wenn sie sich ungestört glaubte, Sprengler hielt sich für schlau, Sprengler kehrte wieder um, schlich sich ins Haus und belauschte ihre Telefonate vor der Zimmertür. Jeder Gesprächsfetzen, den er aufnahm, diente seiner eigenen Wahrheit. Seine fanatische Wissbegier nahm ihn gefangen und hielt ihn in ständigem Bann. Er spürte, wie sich seine eigene Bedrängnis über ihn stülpte und immer stärker fesselte, und er konnte sich ihrer nicht erwehren.

Sprengler steckt sich eine Zigarette zwischen seine trockenen Lippen. Er greift zum Feuerzeug, die Flamme blitzt auf, er saugt am Filter, die Zigarette bleibt im Mundwinkel hängen, während er schreibt: Sprengler wollte Selma nicht verlieren. Weder er noch Selma ahnten, was auf sie zukommen würde.

*Es gibt allerlei Arten, einen Menschen zu morden oder wenigstens seine Seele, und das merkt keine Polizei der*

*Welt. Dazu genügt ein Wort, eine Offenheit im rechten Augenblick. Dazu genügt ein Lächeln. Ich möchte den Menschen sehen, der nicht durch Lächeln umzubringen ist oder durch Schweigen. Alle diese Morde, versteht sich, vollziehen sich langsam. Haben Sie sich nie überlegt, mein guter Knobel, warum die allermeisten Leute so viel Interesse haben an einem richtigen Mord? Das ist ganz klar: weil wir für gewöhnlich unsere täglichen Morde nicht sehen.*

*(Max Frisch, Stiller)*

*

Mutlos vergingen die Wochen. Niemand redete über ihr Problem, das darin bestand, keinen Kontakt mehr zueinander zu haben. Ein unlösbarer Knoten hatte sich um sie gelegt.

Sprenglers Handy surrte. Er las die SMS.

*Komme heute erst später, so gegen halb acht, habe noch nichts gegessen, bitte wärm das Gulasch auf (liegt fertig in der Kühltruhe), und koch ein paar Nudeln dazu. Danke. Bis nachher. LG Selma.*

Komme später, komme später … Sprengler stieg in den Keller und riss den Truhendeckel auf. Bis er die mit ›Gulasch‹ beschriftete Gefrierbox gefunden hatte, waren ihm die Fingerspitzen abgefroren.

In der Küche zog er einen Topf vom Regal, warf den Gulaschklotz in den Topf, fügte ein bisschen Wasser dazu und stellte die Herdplatte an. Er hörte das eisige Fleisch zischen. Er knallte den Deckel auf den Topf, in dem es brodelte und fauchte. Dann ging er in sein Zimmer hinauf, griff nach dem Erzählband von Thomas Mann und las »Luischen«.

*Es gibt Ehen, deren Entstehung die belletristisch geübteste Phantasie sich nicht vorzustellen vermag. Man muss sie hinnehmen, wie man im Theater die abenteuerlichen Verbindungen von Gegensätzen wie Alt und Stupide mit Schön und Lebhaft hinnimmt, die als Voraussetzung gegeben sind und die Grundlage für den mathematischen Aufbau einer Posse bilden …*

*Kein Anblick ist häßlicher, als derjenige eines Menschen, der sich selbst verachtet, der aber aus Feigheit und Eitelkeit dennoch liebenswürdig sein und gefallen möchte: und nicht anders verhielt es sich, meiner Überzeugung nach, mit dem Rechtsanwalt, der in seiner fast kriechenden Selbstverkleinerung zu weit ging, als daß er sich die notwendige persönliche Würde bewahrt haben konnte …*

Sprengler schnupperte, es roch bereits brenzlig. Er rührte sich nicht, er wollte sich nicht rühren, er würde sich nicht rühren. Brenzlig roch es, nach angebranntem Fleisch. Er war froh, keinen Rauchmelder im Haus zu haben.

*… Auch ist es an der Zeit, daß ich mich der Wahrheit entlaste, die ich bislang zurückhielt, der Wahrheit nämlich, daß sie ihren Gatten dennoch täuschte, daß*

*sie ihn, sage ich, betrog, und zwar mit einem Herrn namens …*

Die Haustür klappte. Selma schrie etwas wie ›Um Himmels Willen‹, dann hörte er sie seinen Namen kreischen. Sprengler blieb sitzen. Jetzt, wusste Sprengler, stürzt sie in die Küche, der Qualm schlägt ihr entgegen, sie schaltet den Herd aus, greift nach den Topflappen und zieht den glühenden Topf von der Platte. Er hörte, wie das Fenster aufklappte und sie ›Scheiße, Scheiße‹ schrie.

Sprengler kam die Treppe herunter, er tat so, als beeile er sich.

»Bist du vollkommen verrückt? Willst du das ganze Haus abfackeln? Alles ist verkohlt und verqualmt. Sieh dir den Topf an, er ist pechschwarz.«

Sprengler fühlte sich stark und überlegen.

»Du wolltest um halb acht hier sein, ich hab das Fleisch so angestellt, dass es dann fertig gewesen wäre.«

»Wieso hast du nichts gemerkt, wieso? Das ganze Haus steht im Dunst, und es stinkt!«

»Ich bin wohl eingenickt«, sagte er ohne Gewissensbisse und mit einem Anflug von Schadenfreude.

»Du hast den Herd angelassen, bist aus der Küche gegangen und dann eingeschlafen? Das kann nicht dein Ernst sein!«

*

Selma wurde noch verschlossener als zuvor. Sie begann, ihm routiniert aus dem Wege zu gehen. Das Haus hatte zwei Stockwerke. Oben befanden sich ihre zwei Arbeitszimmer, das gemeinsame Schlafzimmer und das Bad, im Erdgeschoss Küche und Wohnzimmer, Gästetoilette und ein großer Flur, von dem aus die Treppe in den Keller und in das Obergeschoss führte.

Selma schlängelte sich durch das Haus. Meist hielt sie sich in ihrem Zimmer auf.

Sie wurde nachlässig, was das Haus anging. All die schönen Dinge, an denen sie sich erfreute, mit denen sie die Wohnräume verzierte, waren ihr nicht mehr wichtig, genauso wenig wie die äußere Ordnung, für die sie sich nicht mehr verantwortlich fühlte. Nicht einmal der Putzfrau schrieb sie einen Zettel mit den für die Woche anfallenden Arbeiten. Nur in ihrem Zimmer achtete sie auf Aufgeräumtheit.

Selma war vorsichtig geworden, wahrscheinlich löschte sie sofort jede Mail, die ihn hätte aufbringen können, vielleicht hatte sie auch ein neues E-Mail-Account im Institut eingerichtet, an das Sprengler nicht herankam. Diese Gedanken führten erneut zu einem Anfall von Misstrauen und Anschuldigungen, die er Selma entgegenschleuderte.

Es war an einem Donnerstag während des Frühstücks. Selma hielt den Kaffeebecher in der Hand und trank den Kaffee in schnellen Schlucken, obwohl er sehr heiß war. Sie gab etwas kalte Milch dazu, trank den Becher leer, ohne etwas zu essen. Sie hielt den Becher mit beiden Händen umfangen, sie zitterte vor Anspannung. Sie sah Sprengler an, senkte den Blick sofort wieder. Es dauerte noch eine Weile, bis Selma das bedrückende Schweigen brach und sich ihre Stimme plötzlich ungesund überschlug: »Mir ist angeboten worden, für ein Jahr nach Spitzbergen in die Koldewey-Station zu gehen und dort Klimaforschung zu betreiben, als Mitglied einer internationalen Gruppe. Das Projekt ist schon bewilligt. Ich werde mit der ›Polarstern‹ nach Longyearbyen fahren. Ich werde dort abgesetzt und abgeholt. Das Schiff fährt weiter auf Forschungsreise. Für mich geht es dann nach Ny-Ålesund. Ich werde im Blauen Haus des Instituts wohnen.«

Sprenglers Kiefer verkantete.

»Dann fährt Greiner auch mit, nicht wahr?«, presste er zwischen den Lippen hervor.

»Wieso glaubst du immer noch, ich hätte was mit ihm? Zum letzten Mal. Es war nie etwas zwischen Lutz und mir außer tiefer Freundschaft, und es wird auch nichts zwischen uns sein. Auch von seiner Seite aus nicht. Wie oft soll ich das noch sagen? Er ist verheiratet, liebt seine Frau und seine Tochter. Wann begreifst du das endlich? Meine Entscheidung ist unabhängig von Lutz, es hat nichts mit ihm zu tun, aber er fährt mit, ja, als mein Kollege und Freund. Er wird auf dem Schiff bleiben und wieder nach Bremerhaven zurückkehren.«

»Du wirst die Stelle nicht annehmen!«

»Olaf, ich werde fahren. Ich habe den Vertrag schon unterschrieben.«

Sein Kopf lief puterrot an.

»Du hast ihn unterschrieben, ohne vorher mit mir zu sprechen? Du wirst den Vertrag annullieren!«, schrie Sprengler und haute die Faust auf den Tisch. Der Teelöffel sprang von der Untertasse.

»Das werde ich nicht tun!« Selma bemühte sich um Fassung. »Irgendeiner muss ja was unternehmen. Wenn du es nicht bist, dann eben ich. Ich kann so nicht weiterleben. Ein bisschen Abstand wird uns sicher guttun. Danach können wir sehen.«

Selma verließ die Küche und fuhr zur Arbeit.

Sprengler trieb es in Selmas Zimmer. Er holte ihre Fotoalben von früher heraus und klappte das Arktisalbum auf.

Selma mit Gepäck im Helikopter, Selma im roten Anorak auf Skiern, Selma auf einem Eisberg, Selma mit ihren Kollegen, lachend, glücklich. Selma von Kollegen umarmt, glücklich, Selma bei den Eisbären, im Schollenmeer, im Schneesturm, im Zelt, im Schlafsack, mit den Kollegen, Selma lachend, lachend, glücklich. Er schleuderte das Album beiseite.

# NACHTMAHR

Es ist mitten in der Nacht. Seit Tagen hockt Sprengler am Schreibtisch, er dreht und wendet die Wörter und Sätze, er kommt über ein paar Zeilen nicht hinaus, die er sofort wieder löscht. Sein Kopf fühlt sich an, als wäre er gegen die Wand geprallt, keine Zeile hat er zustande gebracht, und alles, was er bislang geschrieben hat, scheint ihm ohne Belang. Wie soll er in diesem Zustand seinen Roman voranbringen? Er leidet an Gähnanfällen, ist von einem Moment auf den anderen derart erschöpft, dass er sich hinlegen muss.

Es geht nicht, es geht eben nicht! Ich muss raus hier, raus! Ich kann nicht schreiben, ich bin zu schwach. Ich will es vergessen, ich will nicht mehr. Ich kann nicht mehr!

Sprengler springt auf, läuft die Treppe hinunter in den Flur, zieht seine dunkelbraune abgewetzte Lieblingsjacke über und schließt die Haustür zweimal ab. Er sieht sich um. Niemeyer steht am beleuchteten Fenster. Er winkt ihm zu, mit seinem stets argwöhnischen Schlitzaugenblick. Selbst auf die Entfernung fühlt sich Sprengler von ihm durchleuchtet. Vielleicht hatte man ihn gebeten, ein Auge auf ihn zu werfen. Die Polizei hatte ihn immerhin lange ausgefragt. Unsinn, Niemeyer spioniert allen nach. Wahrscheinlich ist er in der Nazizeit Blockwart gewesen. Sprengler überlegt, ob er schon so alt ist und seine Vermutung zutreffen kann. Auf jeden Fall ist er ein widerlicher Kerl. Vielleicht, kommt es Sprengler in den Sinn, wird er eines Tages die Polizei rufen und sie bitten, bei Sprengler nach dem Rechten zu schauen. Vielleicht hat er einen Verdacht ausgesprochen, um ihn anzuschwärzen, nur um seine Macht zu demonstrieren. Es wäre ihm zuzutrauen. Andererseits muss jeder bemerken, was für ein Typ Niemeyer ist und dass er nicht alle beisammen hat. Was interessiert dich Niemeyer, Sprengler, hör auf, dich verrückt zu machen.

Sprengler wählt den Weg am Wasser entlang, Richtung Stadtkern.

Er läuft in die Dunkelheit hinein. Weder die frische Luft noch das stete Ausschreiten lindern seine Verzweiflung. Immer wieder springt ihm jene Szene vor Augen, die er sich nicht getraut, zu Papier zu bringen. Hätte ihm jemand diese Szene beschrieben, hätte ein Zuschauer ihm geschildert, was sich ereignet hat, hätte er es nicht geglaubt, hätte nicht verstehen können, dass es sich um ihn selbst handelt, er hätte angenommen, er spräche von jemand anders, nicht von Sprengler selbst. Was auch immer er glaubte, alles war so geschehen, wie Sprengler es in seinem Gedächtnis mitschleppt.

Er sieht ein, er muss dieses Kapitel schreiben, selbst wenn er in die Wüste auswanderte, müsste er zurückkehren und es Schwarz auf Weiß festhalten.

Schnellen Schrittes kehrt er durch die nachtkalte Stadt nach Hause zurück. Nur das Schreiben wird seine Gedanken in eine geordnete Bahn lenken. Alles, was er tun kann, ist, seinen Roman zu beenden.

Je näher er dem Haus kommt, desto zögerlicher werden seine Schritte. Seine Brust verengt sich und nimmt ihm die Luft zum Atmen. Er hustet, wirft die Zigarette auf den Boden und zermalmt sie mit der Schuhsohle. Er steht jetzt vor der Haustür. Entsetzen erfasst ihn bei dem Gedanken, wieder hineinzugehen. Er hat keine Wahl.

Mit bebenden Händen, als wäre er betrunken, steckt er den Schlüssel ins Schloss, dreht zweimal um und vernimmt das gewohnte reibende Metallgeräusch.

Er steht jetzt im Flur, in dem es wie im ganzen Haus nach kaltem Zigarettenrauch stinkt. Er schließt die Haustür ab, zweimal dreht der Schlüssel im Schloss. Dann klackt der Riegel der Einbruchsicherung. Er ist wieder in seinen Kerker zurückgekehrt.

Im Haus herrscht eine unheimliche Stille. Plötzlich hört er ein Geräusch, als würde jemand die Treppe hochgehen. Sprengler treten Schweißperlen auf die Stirn. Du fängst an, zu halluzinieren, Sprengler. Da ist niemand. Selma ist tot. Geh in dein Zimmer und schreib, was du zu schreiben hast.

Er wagt nicht, den Laptop zu starten. Er braucht noch ein wenig Zeit, um sich Mut zu machen. Er unterdrückt seine Furcht, doch sie bleibt unterschwellig an ihm haften, sie begleitet ihn wie ein Albtraum, den man nicht abzuschütteln vermag, der sich ins reale Leben mischt und seine Aufmerksamkeit erzwingt.

In dem dumpfen Grauen, in dem er sich befindet, drückt er die Starttaste. Er muss alles festhalten, auch wenn er noch so sehr davor zurückschreckt. Plötzlich spürt er Selmas Hände auf seinem Kopf. Ihre Fingerspitzen berühren die Schläfen und bewegen sich langsam oberhalb der Ohren bis zum Nacken hin. Ein angenehmer Schauer durchfährt ihn, der sich in Panik verwandelt.

Was willst du, was, schreit seine Stimme. Er schüttelt sich. Sie ist tot, tot!

Aber ich habe das Geräusch gehört und ihre Hände gespürt.

Sieh dich um, sie ist nicht hier, sie ist tot, du weißt doch, wo sie ist. Er fühlt, wie alle Kraft ihn verlässt und ihn Schwindel befällt. Die furchtbare Wirklichkeit wühlt in ihm. Ihm bleibt nur, sie zu formulieren.

Alles gleicht einem Standbild in einem Film. Nichts bewegt sich, weder Selma noch er selbst. Er steht dort wie eingefroren, ohne etwas von dem zu begreifen, was geschehen ist. Es ist die Wahrheit, zu der er vordringen muss, auch wenn sie ihm wie ein schrecklicher Traum vorkommt. Er muss gegen seine Furcht angehen, sie ans Tageslicht zu bringen. Er wird seinen Roman beenden.

Eine Verzweiflung dringt in Sprengler, die eisiger ist als die Arktis.

Er schließt die Augen, sieht einen Mann, der durch die Straßen irrt. Er huscht durch die belebte Innenstadt, sein dünnes, silbriges Haar steht elektrisiert ab, seine Augen treten aufgerissen aus den Augenhöhlen hervor. Mitten in der sich stetig voranwälzenden Menschenwoge bleibt er stehen. Wie eine Katze, die mit einem Male aus dem Nichts erscheint, steht er von einem Augenblick zum anderen vor Sprengler. Er tritt nahe an ihn heran, fixiert ihn mit seinem fischartigen Blick, tippt ihm mit steifem, spitzem Zeigefinger auf den Oberarm. Der Mann sieht aus wie Sprengler, er trägt die gleichen Gesichtszüge, sogar die Kleidung stimmt haargenau mit der seinen überein. Jeans, blauer Pullover, braune Lederjacke, ein wenig abgetragen. Er gleicht ihm wie ein Ebenbild, als blicke er in einen Spiegel. Er nennt sich sogar Sprengler.

»Lassen Sie mich in Ruhe«, ruft Sprengler, »fassen Sie mich nicht an!« Er nimmt seine verängstigte Stimme wahr und wie sein ganzer Körper schlottert, er versucht, sich von ihm abzuwenden und die Aufdringlichkeit seines Ebenbildes abzuwehren, es lässt sich nicht abschütteln, es ist wie in Poes »William Wilson«.

»Du hast nur Angst, Angst vor der Wahrheit«, zischelt Sprengler Sprengler ins Ohr. »Ich sag's dir trotzdem. Ich brauche dir nur in die Augen zu schauen und weiß alles über dich.«

Sprengler reißt sich los und versucht zu fliehen, er rennt durch einen zähen Sirup und kommt nicht voran, seine Beine stoßen auf Widerstand, als hingen schwere Gewichte an ihnen, als wäre er in einem Traum verfangen. Sprengler hinterlässt eine lange Zickzackspur von Wahrheiten in Sprenglers Kopf. Dann erlischt seine Kraft. Seine überspannten Augenlider senken sich und er fällt in einen komatösen Schlaf.

Sprengler liegt noch im Halbschlaf. Er kann nicht erkennen, ob er sich noch im Traum oder im wachen Zustand befindet. Plötzlich ist ihm, als hätte ihm jemand eine Ohrfeige verpasst. Er wird sich bewusst, dass er in seinem Bett liegt und wieder an den Schreibtisch zurückmuss. Jeden Tag hat er Angst davor, heute ist sie besonders groß. Er versucht, den Moment hinauszuschieben, und lässt sich im Bad viel Zeit. Er greift zum Rasierapparat. Sein Blick fällt auf das Glasregal mit Selmas Körperlotion und dem Shampoo, das sie immer benutzte, auch die halbleere Flasche des Kastanienbads steht noch da. Am Haken neben dem Regal hängt ihr mit roten Drachen bestickter dunkelblauer Seidenkimono, den er ihr zur Hochzeit geschenkt hatte. Sie trug ihn immer am Wochenende zum Frühstücken. Sprengler sieht sich Frühstück machen, er holt die Brötchen, setzt Kaffee auf, kocht Eier, nicht zu hart, denn Selma mochte es nicht; er richtet die Lachsscheiben auf einem Teller an, stellt den Krabbensalat auf den Tisch. Dann weckt er Selma mit einem Kuss.

Sprenglers Gedanken vereisen. Er wird sie nie wieder wecken können. Sprengler schaltet den Rasierapparat ein; die Stoppeln fallen in das Waschbecken und überziehen die weiße Mulde mit schwarzen Punkten.

Er frühstückte lange; er hatte immer noch unsagbare Angst, mit dem Schreiben zu beginnen. Sprengler ging in den Flur, nahm die Schlüssel vom Haken, öffnete die Haustür, schloss den Edelstahlbriefkasten auf, der links neben der Tür hing und überbordete, weil er ihn seit Tagen nicht geleert hatte.

Er klappte die quietschende Tür auf, griff den Poststapel, zog sich ins Haus zurück, setzte sich wieder in die Küche und blätterte den Haufen durch. Kidl-Markt, Garten-Lübke, Weingut Hirschfeld – er schreckte auf, zwischen den Reklameblättern lag ein Brief von der Polizei. Er konnte sich nicht entschließen, ihn zu öffnen, er wollte ihn nicht öffnen, wollte nichts mehr wissen von all dem, und warf ihn auf den Küchentisch neben die Zigarettenschachtel, auf der ihm die schwarzen Lettern ›Rauchen kann tödlich sein‹ entgegenstachen.

Autoreklame, ein Wochenblatt, ein weiterer Brief mit dem Schriftzug seiner Mutter. Sprengler öffnete den Umschlag, als könnte er den Brief der Polizei vergessen machen.

*Ich mache mir Sorgen um dich. Du rufst nicht an, gehst nicht ans Telefon. Melde dich bitte. Ist alles in Ordnung mit dir? Soll deine alte Mutter auf ein paar Tage vorbeikommen? Vielleicht wäre es gut, wenn du wieder mehr unter Menschen gehen würdest. Du kannst dich nicht ewig verkriechen. Kehre ins Leben zurück, Olaf, Selma hätte es bestimmt gewollt. Weißt du, als dein Vater starb, dachte ich auch, die Welt würde für mich zusammenbrechen, aber man muss sich zusammennehmen und sich wieder aufrichten wollen, man darf nicht aufgeben, sich nicht gehen lassen. Was macht dein neues Buch?*

Er brach die Lektüre ab. Heuchelei, nichts als Heuchelei. Sie hatte den Vater nie geliebt. Sie schwiegen sich an, lebten nebeneinanderher. Und ihr kleiner Olaf hatte das auszugleichen. Mit grausamer Deutlichkeit stieg seine Kindheit in ihm auf und schob sich in den Vordergrund. Sie, die Grundschullehrerin, wollte nicht, dass er roh und rational und unromantisch wie sein Vater, der Maschinenbauer, wurde, sie wünschte sich einen sanften und vergeistigten Jungen und unterdrückte sein kindliches Ungestüm, wo immer sie konnte. Warum fiel ihm das jetzt ein? Warum hatte er es nicht schon längst empfunden? Warum traten diese Bilder gerade jetzt an die Oberfläche seines Bewusstseins? Er durfte nur selten Fußball spielen und mit den anderen toben, sie hielt ihn zurück und brachte ihm die Literatur nah. Sie war es, die ihn gebremst hatte, sich zu bewegen. Sollte er ihr das verübeln, war er nicht selbst weniger an einem stürmischen Jungenleben als an der Literatur interessiert? Oder hatte sie ihn in eine falsche Richtung gelenkt, der er sich nicht entziehen konnte? Hatte er sich ein Leben oktroyieren lassen, das ihm gar nicht entsprach? Hatte er all die abertausend Bücher gelesen, damit sie stolz auf ihn war? Um den Preis, ein einsamer Junge zu sein, der zu einem Mann wurde, der gar nicht existierte, weil er sich nie hat lösen können, der ein falsches Leben …

Seine Mutter liebte ihn innig, jetzt, in diesem Moment, hinterfragte er ihre Liebe. Er fühlte sich plötzlich von ihr erdrückt und verschlungen. Hatte er nicht immer das Gefühl gehabt, dass etwas nicht stimmte, ihn etwas irritierte? Wenn sie ihn anschaute, schien es ihm, als wäre es nicht er, der gemeint war, sondern ein anderer, ein anderer Olaf, ein Olaf, dessen Namen er trug, der er aber nicht war. Ihr Blick ging durch ihn hindurch, war es nicht so, als würde sie träumen von jemandem, der er nie sein würde? Sie hatte eine Vorstellung von ihm, die sie versuchte zu realisieren. Und Olaf bemühte sich, ihrem Bild, das sie von ihm im Kopf hatte, zu entsprechen und damit ihre Liebe zu gewinnen.

Sie förderte sein Schreiben, sie las seine Texte, sie machte Änderungsvorschläge und korrigierte, sie meldete ihn bei Jugendliteraturwettbewerben an, von denen er zwei gewann, er tat, was sie wollte.

Sprengler zerknüllte den Briefbogen. Jäh ergriff er den Brief der Polizei, riss den Umschlag auf und faltete das Schriftstück auseinander. Das Blatt zitterte in seiner Hand.

*Die Nachforschungen haben leider bislang zu keinen neuen Ergebnissen geführt. Die Zeugenaussagen, die gemacht wurden, haben sich als falsch herausgestellt. Auch die verschwundenen Taschen sind bislang nicht aufgefunden worden.*

Sprengler wurde schwindelig. Sie hatten also keine weiteren Spuren gefunden. Wahrscheinlich würde es ein unaufgeklärter Fall bleiben. Ein Großteil solcher Fälle blieb unaufgeklärt, ein Großteil! Er lachte heiser in sich hinein, er wusste nicht, woher dieses Lachen kam; es hatte sich wie von selbst aus seinem Inneren entladen.

*

Sprengler überfiel eine abgrundtiefe Traurigkeit, die ihn in Selmas Zimmer zog. Mit bebender Hand und angehaltenem Atem drückte er die Türklinke nieder und trat ein. Die Luft schlug ihm stickig entgegen, sie roch immer noch nach Selma. Betreten stand er im Raum. Alles kam ihm unwirklich, gespenstisch vor. Nichts hat sich seither verändert, außer einer dicken Staubschicht, die sich über ihre Welt gelegt hat. Der

Raum trägt Spuren einer Unordnung, wie sie beim Kofferpacken entsteht. Hier ein paar Socken, dort ein vergessenes Cremedöschen, unter der Couch ein paar Schuhe, die den Weg in den Koffer nicht gefunden hatten, als überflüssig oder ungeeignet eingeschätzt wurden.

Sprengler schritt zur Musikanlage. Er legte Selmas Musik auf, ihre Schneemusik, wie sie sie nannte, es sind die frühen Klavierstücke von Eric Satie. Die langsam schwebenden Klaviertöne erfüllten den Raum und Sprenglers Augen mit Tränen. Selma legte sie auf, wenn es draußen schneite. Sie stand am Fenster und schaute verträumt in die Flocken, die im Einklang mit der Musik gemächlich herabrieselten. Lange blieb sie dort stehen und lächelte, als würde sie sich vorstellen, selbst eine Flocke zu sein, die zur Musik durch die Luft tänzelte. Wenn es dunkelte, stellte sie den Gartenstrahler an, der die wirbelnden Schneekristalle zum Glitzern brachte. Sie legte sich schließlich auf ihr Sofa und blickte von dort aus dem Fenster.

Sprengler sah Selma verschwommen unter ihrer Wolldecke liegen, ihre angespannten Gesichtszüge weichten immer mehr auf, sie räkelte sich und lächelte ihn, der auf dem Relaxsessel saß und las, flockenverträumt an.

Die Musik drang weich und melancholisch in jeden Winkel seiner Seele.

Sprengler zog Selmas Buch aus dem Regal. Liebevoll strich er über den Buchrücken: »Arktisches Tagebuch«. Das Buch hat nichts mit ihrer Wissenschaft zu tun. Es zeigt eine ganz andere Seite von ihr. Sie beschreibt darin ihre ganz persönlichen Gefühle und Eindrücke in der Eiswüste während ihrer ersten Studienreise. Er hatte es kurz nach ihrem Kennenlernen an einem Tag gelesen. Er fühlte sich ihr so nah, er wurde von einem unsagbar intensiven Gefühl ergriffen, das ihn überwältigte. Sprengler vermag es nicht zu beschreiben, denn in dem Moment, in dem er versucht, es in Worte zu fassen, zerplatzt es wie eine Seifenblase. Diese Frau und keine andere, hatte er gedacht.

Sprengler schlägt eine beliebige Seite auf und beginnt zu lesen.

*Es ist wie ein Sturm, der nie enden will. Gnadenlos bläst er in starken Böen, brüllt seinen übermächtigen Gesang in jede meiner Poren hinein. Ohne etwas zu sehen, stolpere ich voran. Ein weißer Strudel umwirbelt mich, ich fühle mich wie in einem Schneeball gefangen, eisige Flocken umtanzen und umstieben mich, ich verliere alle Orientierung und spüre nicht mehr, wo oben, wo unten ist. Die Eisnadeln stechen mir in die Haut, füllen meine Lunge, und mit jedem Atemzug glaube ich, ersticken zu müssen.*

*Nach einer Ewigkeit, jenseits allen Zeitgefühls, werde ich auf einen weißen Grund geschleudert. Plötzlich ist alles ruhig und still. Kein Laut ist zu vernehmen, nicht einmal der leise Hauch eines Windzuges wispert über die weiße Ebene. Ich habe das Weiß des Untergrunds angenommen, ich bin kaum von ihm zu unterscheiden. Als wäre ich im Nichts gelandet, lausche ich in die Stille, blicke mich um ohne Halt, zwergenhaft klein in der Unendlichkeit dieses leeren Raums, der sich bis zum Horizont erstreckt.*

*Kälte beißt mir in Haut und Glieder, mir ist, als müsse ich sterben. Jäh springe ich wieder auf, springe von Scholle zu Scholle, überwinde die klaffenden Spalten, aus denen das schwarze, undurchsichtige Wasser des Eismeeres quillt, ich laufe und laufe, weiter, weiter, ich darf nicht stehen bleiben, ich bezwinge hohe, schroffe Eisberge, die wie Ungeheuer dräuen, laufe, ohne meine Füße zu spüren, laufe, bis die Erschöpfung mich übermannt und ich erkennen muss, dass ich der Landschaft nicht zu entrinnen vermag.*

*Am Ende meiner Kräfte kauere ich in einer Schneewehe, ich falle in eine tranceartige Bewusstlosigkeit, aus der Bilder aufsteigen und wie Nebelschwaden vorüberschweben. Mir ist, als träumte ich alles in einem Traum, und dann wieder erscheint mir alles, was ich glaube, geträumt zu haben, wie die Wirklichkeit. Ich krieche umher, ohne zu wissen, wo ich bin und wer ich bin und wohin es geht. Vielleicht gibt es mich nur im Traum, vielleicht gibt es mein wirkliches Ich nur im Traum, und alles, was ich gelebt habe und lebe, ist eine andere, eine Frau, die gar keine Spuren hinterlassen hat, die, weiß wie ein Blatt Papier, dar-*

*auf wartet, beschrieben und zum Leben erweckt zu werden.*

*Vielleicht bin ich eine Frau, die neu erfunden werden kann. Man weiß nie, was als Nächstes passiert. Die weiße Wüste steckt voller Wunder.*

*Die Seele wohnt in den Eisbergen, unter dem gefrorenen Meer und in den Schollen. Dort, wo das Eis sich stapelt, wo es aufbricht, wo sich offene Wasserflächen bilden, die, eh man sich's versieht, wieder zufrieren. Ich muss mir eine Schneise suchen durch die Eistürme, durch Rinnen, Spalten, Eisschlamm. Ich weiß nicht, wofür ich sonst leben soll.*

*Die Tage werden kürzer. Um mich herum schwimmen Türme von Treibeis, das gepresste Eis schiebt sich immer mehr zusammen, es klirrt und knackt, die gigantischen Dämonen wollen mich zermalmen, so scheint es.*

*Die Sonne versinkt ins ewige Eis. Der Tag trägt von nun an sein Trauerkleid und verschwindet im Schattenreich. Wenn auch der Mond hinter den Wolken steht, ist nur das Knistern der Geister auf dem Eis zu hören.*

# DRITTER SATZ

# HÄNDE

Erwürgen ist neben Erhängen und Erdrosseln eine der drei Arten des Strangulierens. Im Gegensatz zum Erhängen oder Erdrosseln erfolgt das Erwürgen ohne Zuhilfenahme von Werkzeug allein durch Zusammendrücken des Halses vermittels der Hand oder der Hände.

Der Tod tritt meist durch Ersticken ein. Erstickungstod kann auch durch gewaltsames Zuhalten der oberen Atemwege und des Rachens ausgelöst werden. Postmortale Merkmale für Erwürgen sind Brüche von Zungenbein und Kehlkopf und typische Würgemale am Hals.

*

Es war Samstag, der 21. Juni, gegen 21 Uhr. Der Himmel leuchtete taghell. Die cremefarbenen Vorhänge waren zugezogen, damit die tief stehende Abendsonne nicht blendete. Die Vögel sangen laut und durchdringend ihren sommerlichen Abendgesang. Die Singdrossel, die im Garten nistete, setzte sich mit ihrer Stimmkraft durch. In steter Wiederholung flötete sie ihren schrillen Dauergesang: tülip tülip tülip – tschidi-trü tschidi-trü tschidi-trü – didi didi didi, tülip tülip tülip – tschidi-trü tschidi-trü tschidi-trü – didi didi didi.

Sprengler stand in der Zimmertür.

Selma war dabei, ihre Tasche zu packen. Auf der Couch lagen alle Kleinigkeiten für ihr Handgepäck. Kulturtasche, Gästehandtuch, zwei Unterhosen, zwei T-Shirts, Zeitschriften, Reisepass, Portemonnaie, Pfefferminzdrops.

»Selma, bitte!« Mit dem Gefühl eines geschlagenen Hundes flehte er sie an.

»Fahr nicht, ich werde aufhören damit, versprochen, es ist vorbei.«

Selma hielt die T-Shirts in der Hand und drehte sich zu ihm. Ihre Augen blickten ihn an, als hätte sie etwas Entsetzliches zu sagen.

»Tschik-tschik, tscheck-tscheck-tscheck-tscheck«, ertönte der Warnruf der Drossel.

»Nichts ist vorbei, Olaf. Es ist besser, du weißt Bescheid, in der letzten Woche hat sich für mich alles entschieden, ich … ich werde mich von dir trennen. Ich lebe mit dir wie in einer Schachtel, du bewachst mich Tag und Nacht, keinen Schritt kann ich mehr unternehmen. Das ist kein Leben für mich.«

»Aber ich …«

»Lass mich ausreden, Olaf. Ich weiß nicht, wo meine Schuld liegt. Du hast mir schon immer dein Vertrauen verweigert. Ich habe mir gewünscht, du würdest zu einem Therapeuten gehen, ich habe dir sogar angeboten, eine Paartherapie zu machen, du hast es abgelehnt.

Ich kann nicht mehr. Ich sehe keine Zukunft mehr für uns. Das Jahr, das ich in Spitzbergen verbringe, ist unser Trennungsjahr; wenn ich zurück bin, lasse ich mich scheiden.«

Selma begann zu weinen, was so gut wie nie vorkam. Sprengler stürzte auf sie zu. Innerlich bebend, blieb er vor ihr stehen.

»Selma, bitte, du bleibst hier, hier bei mir.«

Sie wehrte ab.

»Lass mich, mein Entschluss ist endgültig.« Sie schluchzte. »Ich will nicht mehr. Ich bin sehr traurig, aber ich will nicht mehr. Es ist aus. Bitte zieh aus dem Haus aus, bis ich zurück bin.«

»Nein, Selma«, er umklammerte sie und versuchte, sie zu küssen. Selma machte sich frei, indem sie ihn unmissverständlich von sich stieß. Sie drehte sich abrupt um und packte ihre Tasche weiter. Sprengler stand hinter ihr und schrie: »Geh doch zu ihm, geh, du Lügnerin, du elende Lügnerin, du willst ja nur zu ihm.«

*OTHELLO: Sie hat gesündigt! Sie war eine Hure!*
*EMILIA: Du sagst ihr Lügen nach!*
*Du bist ein Teufel!*
*OTHELLO: Sie war so unbeständig wie das Wasser!*
*EMILIA: Und du bist wild wie Feuer, dass du sagst, sie war unbeständig: Sie war himmlisch treu!*

Sprengler wusste nicht, was er tun würde. Seine Hände sprangen blitzartig vor und pressten Selmas

Hals zusammen. Selma versuchte, seine Hände von ihrem Hals zu lösen, sie zog und zerrte, es gelang ihr nicht, Sprengler hatte plötzlich Bärenkräfte! Sprengler ahnte, was er tat, aber er konnte nicht aufhören damit. Er schrie: »Lügnerin, Lügnerin«, er wusste nicht, wie lange. Er würgte sie von hinten, er sah ihr Gesicht nicht, er spürte nur ihren Hals zwischen seinen Händen, hörte ihr fremdartiges Gurgeln, bis etwas unter seinen Händen knackte, sie in sich zusammensank und sich nicht mehr rührte.

Stille. Ihre Augen waren starr, und zwischen den Zähnen und den Lippen ragte ihre Zungenspitze hervor. Wie paralysiert stand er vor ihr. Im ersten Augenblick hatte er nicht begriffen, was geschehen war. Das Grauen kam erst Sekunden später, als ihm seine Tat bewusst wurde und er aus dem Zimmer floh.

*Da liegt sie, deren Atem diese Hände*
*Grade erstickten. Grauenhaft, ich weiß*
*Und furchtbar ist es.*

Sprengler starrt auf seine Hände, die auf die Tasten einhämmern. Es sind seine Hände, Hände, die sich übermächtig um Selmas Hals gelegt haben, Hände, die wie Eisenkrallen nicht mehr locker ließen, nicht mehr locker zu lassen vermochten. Hände, die schmerzten, während sie den Hals umklammerten, deren grausige Leidenschaftlichkeit bis in die Fingerspitzen pulsierte, Hände, die außer sich waren und erst, nachdem sie ihr Werk vollbracht hatten, wie schlaffe Lappen in die Tiefe fielen und an seinen Armen hingen. Mörderhände.

Ihr Tod, würde ein Sachverständiger darlegen, setzte durch Erwürgen ein, wobei man davon ausgehen muss, dass die Kompression flächig auf der Halsoberseite erfolgt ist. Für einen derartigen Würgevorgang sind weder ein Tatplan noch Vorbereitungen erforderlich, eine derartige Tat ist auch in alkoholisiertem Zustand möglich. Es gibt Würgegriffe, bei denen es sehr schnell geht, wenn man die Halsschlagadern zudrückt und danach die Kehle. Es bedarf nur eines leichten Schlags, um Knorpel und die Kehlkopfknöchelchen zu brechen und den Tod auszulösen.

*

Sprengler findet sich in seinem Zimmer wieder. Er liegt auf seiner Couch, zusammengekrümmt wie ein Fötus im Mutterleib. Plötzlich fragt er sich, ob er Selma wirklich getötet hat oder er es sich nur einbildet. Es ist überhaupt nichts geschehen, er hat es nicht getan, er hat Selma nicht ermordet, allein die Vorstellung, sie erwürgt zu haben, nimmt ihm den Verstand. Was für ein Irrsinn, sich einzubilden, er hätte Selma erwürgt. Er hat es nicht getan, er hat es nur geträumt – es war vollkommen ausgeschlossen, er hat Selma nicht umgebracht. Ruhe, bewahre Ruhe, Sprengler, was sind das nur für Gedanken? Für eine Weile hat er das Gefühl, alles würde sich zum Guten wenden, dann springt ihm die Tat wieder vor Augen. Es sind Bilder, die sich in ihm eingebrannt haben, Bilder, die sich nicht mehr abschütteln lassen. Er hat keinen Vorhang, den er zuziehen könnte, wie im Kino oder im Theater. Er lacht stumm in sich hinein, ohne es verhindern zu können. Niemand wird es je erfahren. Und ich, ich schreibe einen Roman darüber. Sprengler kann erzählen, was er will, Sprengler wird schreiben. Sprengler, denkt Sprengler, hat zuvor noch niemanden ermordet, nicht einmal in einem Roman. Er kennt auch niemanden, der schon getötet hat. Er ist diesem Thema immer aus dem Weg gegangen. Jetzt muss er darüber schreiben. Er kann nichts der Fantasie überlassen, er muss die Wahrheit schreiben, erst dann ist es wahr. Der Gedanke macht ihn misstrauisch.

Niemand wird die Geschichte für wahr halten. Alle werden denken, der Schriftsteller hat aus seinem Leid heraus eine Fiktion erdacht. Niemand wird glauben, was er erzählt. Er selbst glaubt es ja kaum. War das ein Wunder? Allein durch den Versuch, das, was ihm geschehen ist, in Worte zu fassen, wird es ja schon verfälscht, denn er verfügt nicht über den Wortschatz, präzise zu beschreiben, wie sich alles zugetragen hat, zu beschreiben, was er fühlte, also kann er nicht die Wahrheit abbilden. Selbst wenn er das Geschehene noch einmal durchlebte, wenn er den Mord nachstellte und simulierte, könnte er nicht die Sprache finden, die

Wahrheit auszudrücken. Er muss vor sich selbst auf der Lauer sein, jedes Wort, das er schreibt, infrage stellen.

›Denn wer die Worte lange Zeit missbraucht hat, kann sie nicht mehr die Wahrheit sagen lassen.‹ Er hat diesen Satz vor Jahren aus Julien Greens Tagebüchern abgeschrieben und auswendig gelernt. Es gibt eine Wahrheit, zu der man um jeden Preis vordringen muss, die Wahrheit im Herzen jedes Menschen, der in die Welt kommt, sagt Green, um diese Wahrheit zu finden, müsse man gegen sich selbst arbeiten, gegen den eigenen Hang, die eigene Routine, gegen den Erfolg und gegen die Leser, man müsse jede Zeile ausmerzen, die nur der Unterhaltung des Lesers diene. Die Worte seien ein Strom, gegen den man schwimmen müsse, und wer sich von ihnen fortreißen lasse, würde zerschellen.

Sprengler sitzt an seinem Schreibtisch, ohne sich zu rühren. Dann greift er nach einer Zigarette. Als die Flamme des Feuerzeugs auflodert und die Zigarette erglüht, überfällt ihn ein verwirrender Gedanke. Sprengler lebt, denkt Sprengler, ohne seine Lage zu erkennen, Sprengler ist der Gefangene, er ist der Gefangene seiner selbst. Er drückt die Tasten und notiert diesen Satz. Er ist bereits scheintot, er hockt wie verschwunden in seinem Zimmer, wie ein Internierter, den niemand mehr besucht, weil er in Vergessenheit geraten ist hinter den Mauern, die ihn einschließen. Sprengler leidet Qualen, er rennt in Sackgassen, dennoch muss er weiterarbeiten. Sein Buch muss entstehen, einerlei, um welchen Preis. Es verschafft ihm keine Erleichterung, es zeigt ihm seinen inneren Teufel, sein schlechtes Gewissen, doch seine Furcht ist größer, wenn er nicht schreibt. Er kann nicht anders als schreiben. Er fühlt sich dazu gedrängt. Etwas Hartes stößt an sein Herz. Es tut so weh, als müsse er sterben. Er starrt auf seinen Laptop und quält sich wieder an die Tasten. Würde ich nicht schreiben, würde ich nicht schreiben, schreibt Sprengler – seine Gedanken fallen auseinander.

# ENTSCHLUSSKRAFT

Sprengler hatte keine Zeit mehr. Bevor die Leichenstarre einsetzte, musste er eine Lösung gefunden haben, seine Gedanken überschlugen sich, er konnte nicht mit einer Leiche hinausspazieren. Selbst in der Nacht standen die Nachbarn an ihren Fenstern und beobachteten alles, was sich in der Straße tat. Der alte Niemeyer schlief keine Nacht und taperte in seinem Haus herum. Und Franzkis Hund kläffte auch ständig.

In den Teppich rollen, dann in den Kofferraum, er hatte einen Kombi – und dann, und dann? Wie sollte er das allein bewerkstelligen? Du hast die Kraft, deine Frau zu erwürgen, eine Leichenteppichrolle kannst du nicht tragen, Sprengler.

Ruhe bewahren, Ruhe, ihm wird schon etwas einfallen.

Sein Entschluss stand fest, felsenfest, er würde sich nicht der Polizei stellen, er hatte noch etwas zu erledigen, hatte sein Buch zu schreiben, sein Buch, ja, jetzt hatte er eine Geschichte, eine Geschichte, die noch kein Autor zu Papier gebracht hat. Noch niemand!

Wenn er … das wäre … ja, dort war sie sicher, dort bliebe sie unentdeckt. Wer sollte schon … die Putzfrau würde er entlassen, er würde sie gar nicht mehr ins

Haus lassen, es mit Selmas Abreise begründen, würde ihr das Geld für den Monat geben, damit sie sich nicht beschwerte.

Und wie die Leiche transportieren? Unter die Achseln greifen, ziehen, Treppen bewältigen, fertig.

Jetzt sofort, keine Zeit mehr. Er huschte über den Flur. Vor Selmas Zimmer blieb er stehen, wagte nicht, die Türklinke zu drücken, traute sich nicht hineinzugehen. Die Halsschlagader pochte hart und unerbittlich. Für einen Moment stieg Hoffnung in ihm auf. Vielleicht war gar nichts geschehen. Er lauschte in die Totenstille, mit Druck im Magen und Schluckbeschwerden. Ihn schwindelte, er riss sich zusammen – du musst ... du musst ... Er berührte die Klinke, kaltes Metall. Geh rein, geh jetzt rein, Sprengler. Er drückte die Türklinke, der Schnapper sprang auf, er öffnete die Tür, langsam, als hätte er ein großes Gewicht zu stemmen.

Ihr Geruch schlug ihm sofort entgegen, es war jener ihm so vertraute dumpf süßliche Duft, der aus Kleidung und Polstern stieg. Sie lag da. Er begriff sofort. Er trat näher heran. Sie lag rücklings auf dem Boden neben der Couch. Ihr Gesicht war verzerrt, die Todesangst stand noch in ihm geschrieben. Sprenglers Blick haftete auf der Zunge, dann rollten seine Augen den Hals hinunter, er war von seinen Fingerabdrücken gezeichnet. Rote Flecken. Fingerflecken. Sprengler kniete nieder. Er sagte zu sich selbst: »Sie ist tot.« Dann zu ihr: »Du bist tot, Selma. Was habe ich getan?« Ein schmerzender Schluchzer, der sich nicht zu entladen vermochte, drückte ihm die Kehle zu. Er hielt es nicht aus und stellte sich vor, er hätte Selma nicht erwürgt, sie würde einfach wieder aufstehen und ihre Tasche weiterpacken. Seine Vorstellungskraft war so intensiv, ihm schien es auf einmal nicht ausgeschlossen. Dann brach die Wirklichkeit wieder über ihn herein.

Ich habe es nicht gewollt, Selma, ich habe es nicht gewollt, es ist mir geschehen.

Schließ ihr die Augen, schließ sie, los, Sprengler, wenigstens das, schließe sie, nimm Daumen und Mittelfinger, nun mach schon … Ja, so, wie du es in unzähligen Filmen gesehen hast.

Er stürzte aus dem Zimmer, rannte panisch umher, ohne zu wissen, wohin. Ich hab sie erwürgt, ich hab sie erwürgt, das war ich! Ich!

*

Er öffnete den Truhendeckel. Eisdunst schlug ihm entgegen, dessen Kälte sich bei jedem Atemzug durch seine Lunge zog. Im Dampf des Eises leerte er die Truhe und stapelte das Gefriergut auf den neben ihm stehenden Tisch. Seine Hände waren bereits rot gefroren und schmerzten beißend, als er Selma unter den Achseln anhob, um sie über den Rand der Truhe zu wuchten. Er benötigte mehrere Versuche, bis ihr Oberkörper in den Hohlraum glitt und er die Beine nachschieben konnte. Er brauchte nur noch ihre Beine leicht anzuwinkeln, damit sie hineinpasste.

Sprengler lief nochmals die Treppe hinauf, um ihre Handtasche und die Reisetasche zu holen. Er vergewisserte sich, dass ihr Handy ausgeschaltet und alle Reisepapiere enthalten waren, dann eilte er in den Keller zurück und stopfte die Tasche unter die angewinkelten Beine. Die Lücken zwischen der Truhe und dem Körper füllte er mit den mit Fisch, Fleisch und Brötchen gefüllten Gefrierbeuteln aus. Dann nahm er die Styroporplatten, die Selma von der Verpackung der Truhe aufbewahrt hatte, und legte sie über die ganze Fläche aus. Auf die weiße Fläche, die wie ein Boden wirkte, legte er die Gemüse- und Beerenschachteln, Blätterteig-, Kuchen- und Pizzakartons, drapierte sie in Schichten, bis die Truhe bis an den Rand gefüllt war. Der Teufel in ihm lachte. Jetzt bist du da, wo du hinwolltest, Gletscherfee.

Er erschauerte. Die schmerzenden Hände und die eisige Kälte in der Brust waren eindeutige Zeichen, dass er es selbst war, der dort im Keller stand.

Der Deckel der Truhe klappte zu. Mit klappernden Zähnen kroch Sprengler die Kellertreppe hinauf. Er schleppte sich ins Bad, zog sich aus und stellte sich unter die heiße Dusche. Er duschte, bis seine Haut krebsrot glühte. Er fühlte sich wie ein Mensch, der träumt, aber die Wahrheit ließ sich nicht vernebeln, auch wenn er Stunden im heißen Wasserdampf zubrachte.

*Und er gibt nach. Wo sollt Othello hingehn?*
*Und wie siehst du nun aus, unglückliches Mädchen?*
*Weiß wie dein Hemd. Wenn wir uns treffen werden*
*Vor dem Gericht, wird dies dein Aussehn meine*
*Seele vom Himmel schmettern, und die Teufel*
*Werden sie packen! Kalt, oh, kalt, mein Mädchen!*
*Wie deine Keuschheit. – Oh, verfluchter Knecht!*
*Peitscht mich, ihr Teufel!*
*Fort von Besitz dieses himmlischen Anblicks*
*Blast in den Wind mich! Röstet mich in Schwefel!*
*Wascht mich in tiefen Schlünden flüssigen Feuers!*
*O Desdemona! Desdemona tot!*
*Oh! Oh!*

Und wenn ich mich getäuscht habe und sie gar nicht tot war? Wenn sie nur ohnmächtig geworden war? Vielleicht wäre sie wieder zu sich gekommen, vielleicht war sie nur bewusstlos gewesen. Habe ich denn ihren Puls gefühlt? Habe ich mich von ihrem Tod überzeugt? Als ich sie die Treppe hinuntergeschleift hatte, hätte sie aufwachen müssen, spätestens dann hätte sie … wäre sie aufgewacht, wenn sie nur bewusstlos gewesen war. In was versteigst du dich da, Olaf Sprengler? Du wirst noch den Verstand verlieren, du bist dabei, die Tatsachen zu verdrehen, sie war und ist tot, tot, das ist eine Tatsache! Hör auf, dich zu martern, Sprengler, schlaf jetzt, schlaf jetzt endlich. Du kannst nicht jede Nacht durchschreiben. Du drehst noch durch.

Ihr Sterben ist geschehen, pochte es in seinen Schläfen, es war das Letzte, was ihr gemeinsam erlebt habt, jeder auf seine Weise. Sie liegt in der Truhe, tot in der Truhe. Seine Gedanken hüpfen wild hin und her, er findet keine Ordnung in seinem Kopf. Solange sie in der Truhe liegt, wird niemand etwas bemerken, solange sie da unten ist, kannst du schreiben. Selma ist tot, Sprengler nicht. Sprengler fliegt mit seinen Fingern über die Tasten. Sprengler fürchtet sich zu schreiben, genauso, wie er sich fürchtet, mit dem Schreiben aufzuhören. Er hat gleichzeitig Angst, die Wörter aneinanderzureihen, genauso wie vor dem Moment, in dem er es nicht mehr tut.

Woyzeck – Woyzeck vermutet die Affäre zunächst nur. Als er Marie und den Tambourmajor in einem Gasthaus gemeinsam tanzen sieht, sieht er seine Befürchtung bestätigt. Woyzeck hört innere Stimmen, die ihm befehlen, Marie zu töten. Er kauft das Messer, lockt Marie zu einem Spaziergang ins Grüne und ersticht sie. Der Leichnam wird gefunden und Woyzeck verdächtigt. Die Klärung der Schuld bleibt im Drama jedoch offen. Sie bleibt offen! Und wie ist es bei Sprengler? Wie ist es bei dir, der du die Leiche in der Gefriertruhe lagerst und einen Roman über deine Tat schreibst?

Wie oft hatte Sprengler bereits die Schlagzeilen vor sich gesehen. ›Tiefkühlleiche im Schriftstellerhaus‹, ›Schriftsteller friert seine Frau ein‹; wie oft sah er sich im Geiste vor Gericht stehen. Immer stritt er alles ab, immer rief er, es sei alles nur Einbildung, seine Frau sei am 29. Juni beerdigt worden.

»Und wie erklären Sie sich die weibliche Leiche in Ihrer Kühltruhe?«

»Das weiß ich nicht. Ich weiß nichts davon. Es ist alles eine Lüge. Ich bin unschuldig.«

Das Auditorium lachte höhnisch auf.

»Ruhe«, rief der Richter, »sonst lasse ich den Saal räumen!«

Sprengler ermahnt sich, diese Hirngespinste nicht mehr zuzulassen. Was sollen diese Schreckensvisionen? Niemand weiß etwas, niemand. Der Fall ist ja fast schon zu den Akten gelegt. Es wird Gras drüber wachsen. Du hast dich durch nichts verraten, du wirst unbehelligt weiterschreiben.

# STÖRFALL

Es war gegen Mittag. Sprengler hatte den ganzen Vormittag verschlafen. Benommen und wie gerädert füllte er die Kaffeemaschine und drückte auf Start. Die Kontrolllampe leuchtete nicht. Er versuchte es noch einmal, und noch einmal. Vergeblich. Er nahm den Teekessel, füllte ihn mit Wasser, zündete die Gasflamme und stellte den Kessel auf das gusseiserne Gitter.

Dann zog er das Brotmesser aus der Schublade, öffnete den Brotkasten, ergriff das Graubrot und schnitt sich zwei Scheiben von dem Laib ab. Er nahm die Butterdose, die neben dem Brotkasten stand, und stellte Brot und Butter auf den Küchentisch.

Das Wasser kochte. Sprengler schritt mit dem Kessel in der Rechten zur Kaffeemaschine, klappte den Plastikdeckel beiseite und goss das Pulver per Hand auf. Er war ungeduldig. Sechs Mal musste er aufgießen, bis der Kaffee fertig war. Er holte sich einen Becher, füllte ihn direkt an der Kaffeemaschine, nippte daran, bevor er sich an den Tisch setzte. Er starrte vor sich hin wie jeden Tag.

Er hatte den Käse vergessen. Er erhob sich, ging zum Kühlschrank, öffnete die Metalltür, holte die Plastikbox mit dem Appenzeller hervor. Etwas kam ihm komisch vor. Es muffelte. Wassertropfen perlten an der Innenwand. Vermutlich war es die automatische Abtaufunktion. Irgendetwas ließ ihn weiterhin stutzen. Die Kühlschranklampe leuchtete nicht. Er eilte zum Lichtschalter. Nichts. Sprengler rannte zum Sicherungskasten im Flur. Alle Sicherungen waren intakt. Er begann zu frösteln. Reiß dich zusammen, du musst etwas unternehmen, sofort!

Er griff zum Telefonbuch und suchte die Telefonnummer der Stromgesellschaft. Seine Hände zitterten beim Wählen. Hörer am Ohr. Nun geht schon ran.

›Guten Tag‹, sprach eine Automatenstimme, ›einige Stadtviertel sind von einem Stromausfall betroffen, wir bitten Sie um Geduld, wir sind dabei, den Fehler zu beheben. Guten Tag, einige Stadtviertel sind von einem Stromausfall betroffen, wir bitten Sie um Geduld, wir sind dabei, den Fehler zu beheben. Wir bitten Sie um Geduld.‹

Wie viele Stunden ging das schon so? Er war gegen zwei Uhr nachts ins Bett gegangen, jetzt war es ein Uhr mittags. Wenn der Strom kurz danach ausgefallen ist, dann lief die Truhe bereits seit circa elf Stunden nicht mehr. Die Notfunktion funktioniert sicher nicht länger als zwölf Stunden.

Sprengler rang nach Atem. Er warf sich die Jacke über und eilte zum Auto.

Der Baumarkt hatte Strom, Gott sei Dank, er sah es an der Leuchtreklame. Er musste drei Runden drehen, um einen Parkplatz zu ergattern.

Er sprang aus dem Auto, öffnete sein Portemonnaie, fand zum Glück einen Euro. Er lief zu den Einkaufswagen, steckte das Geldstück ein. Er zog kräftig an der Kette, die sich endlich löste. Das metallene Rattern der Räder in den Ohren, eilte er zum Informationstresen.

Vor ihm standen drei Kunden.

»Ich brauche dringend ein Notstromaggregat.«

»Da sind Sie heute nicht der Einzige.«

»Muss das sein, sich vorzudrängeln?«, rief eine Kundin.

»Gehen Sie mal zu meinem Kollegen in die ›Elektro‹, dritter Gang rechts, der kann Ihnen weiterhelfen.«

»Unverschämtheit!«, rief die Frau ihm hinterher, von der Sprengler nur die grell blond gefärbten Haare wahrgenommen hatte.

Es war niemand zu sehen. Sprengler suchte in den Regalen. Wie sieht so ein Ding aus? Er erspähte einen Mann mit roter Latzhose.

»Hallo, ich …«

»Komme gleich.«

»Ich habe keine Zeit, ich möchte …«

»Ja, ja, gleich.«

Der Mitarbeiter stieg auf eine Leiter, packte einen Karton ins Regal, er brachte einige Zeit damit zu, ihn auf Kante zu platzieren. In aller Ruhe zog er einen Filzer aus seiner Brusttasche und schrieb Zahlen auf die Pappe.

Sprengler flirrte innerlich. Aber er durfte diese Leute nicht verärgern.

Endlich stieg der Mann die Leiter herunter und schlenderte auf Sprengler zu.

Sprenglers Stimme überschlug sich. »Ich brauche ein Notstromaggregat.«

Ein Grinsen. »Da sind Sie spät dran.«

Sprengler starrte in das Gesicht, das mit Pickeln übersät war.

»Hören Sie, ich brauche unbedingt eins.«

Der Verkäufer schlenderte ein paar Schritte den Gang entlang. Sprengler folgte ihm.

»Ich hab nur noch diesen Diesel, 5.000 Watt, Viertakt luftgekühlt, Tankinhalt 16 Liter. Das hält so für sieben bis acht Stunden. Ist aber ziemlich laut und …«

»Kein Problem, ich nehme ihn.«

Sie wuchteten das Gerät auf den Wagen. Sprengler konnte ihn kaum anschieben.

Die Kassenschlange war sehr lang. Sprengler schwitzte. Die Kassiererin schien neu zu sein, im Schneckentempo ergriff sie einen Artikel nach dem anderen und scannte den Code ein. Bei jedem dritten Artikel hakte etwas, worauf sie in einer Liste nachschaute, die sich neben ihrer Kasse befand. Schließlich griff sie zum Telefon und fragte nach. Sprengler war mit der Last zu unbeweglich, eine andere Kasse zu wählen, außerdem reihten sich die Schlangen auch dort endlos lange.

»Herrgott noch mal, können Sie sich nicht durch einen erfahrenen Kollegen auswechseln lassen? Das ist unzumutbar!«

Die Leute drehten sich nach ihm um.

»Sie sind wohl nicht oft im Baumarkt, was?«, rief ein staubiger Maurer.

Lachen.

Wenn endlich ein Kunde abgefertigt schien, stand die Kassiererin noch einmal auf und schaute in den Einkaufswagen, ob sich nicht noch ›vergessene‹ Ware auf dem unteren Gitter befand. Der nicht enden wollende EC-Vorgang folgte. Der Kartenleser nahm nur wenige Karten problemlos an. Immer wieder wurden Karten mehrmals in den Schlitz gesteckt. Mal falsch herum, mal richtig herum, dennoch ohne Ergebnis.

Die Kassiererin stand auf und rief: »Bitte an dieser Kasse nur noch Barzahlung.«

Jetzt gab es auch Geraune von anderen Kunden. Der Maurer, der eben noch lachte, drängelte sich wütend aus der Schlange, um sich an einer anderen Kasse anzustellen. Sprengler atmete den Geruch von Zementstaub ein und ihm fiel plötzlich McEwans »Der Zementgarten« ein. Die Hintergrundmusik tönte durch die Halle, unterbrochen von Durchsagen. »Ding dong. Herr Brinkmann, bitte in die Holzabteilung, Herr Brinkmann bitte.« Diskorhythmen. »Verehrte Kunden, in unserer Gartenabteilung finden Sie preiswerte Schnäppchenangebote. Gartenmöbel und -geräte sind bis zu 50 Prozent reduziert. Ding dong. Herr Grubber, bitte in die Elektro, Herr Grubber bitte. Ding dong. Frau Findig, bitte zur Kasse fünf.« Die Kreissäge in der Holzabteilung sprang an. Sprenglers Kopf schien zu bersten. Wenn er wenigstens eine rauchen könnte. Er stand neben den Süßigkeiten, griff nach einer Packung Toffifee, riss den Karton auf und begann, sie aus der Verpackung zu pulen. Die erste Praline sprang ihm aus der Plastikmulde auf den Boden. Bei der zweiten war er vorsichtiger und versuchte, weniger Druck auszuüben. Bis er an der Reihe war, hatte er alle Schokokugeln aufgegessen. In den Zähnen klebte die zähe Karamellfüllung. Seine Gier nach einer Zigarette war nicht vergangen, stattdessen gesellte sich unbeschreiblicher Durst dazu.

Endlich stand Sprengler auf dem Parkplatz. Er belud sein Auto mithilfe eines Kunden. Dann fuhr er zur Tankstelle. Wieder ein Hitzeschub, denn er hatte keinen Kanister gekauft.

Er eilte in den Laden. »Haben Sie Benzinkanister?«

»Nur die kleinen Fünfliterdinger, die da hinten links stehen.«

Sprengler kaufte vier Kanister, füllte sie mit Diesel, verstaute sie.

Er fuhr auf seine Auffahrt. Niemeyers Sohn stand im Garten. Warum sollte er ihn nicht fragen, ob er mit anfasste. Es war nur verständlich, sich ein Aggregat zu kaufen. Er könnte ihn wegen der Abgase ohnehin nicht in den Keller stellen, sondern nur draußen unter dem Hausunterstand unterbringen.

Sprengler sprach Walter Niemeyer an.

»Ja, klar, mach ich gern, aber wollen Sie das Teil nicht lieber wieder zurückgeben? Der Strom ist wieder da. Das hat nur ein paar Stunden gedauert.«

Sprengler wischte sich die Stirn.

»Ich behalte ihn für alle Fälle, man weiß ja nie.«

*

Man weiß ja nie, man weiß ja nie. Vielleicht ist gar nichts geschehen, vielleicht geschah alles nur in seiner Einbildung. Ich bin ein ganz normaler Witwer, der seine Frau unter tragischen ungeklärten Umständen verloren hat. Ich könnte wieder heiraten. Sprengler verlachte den Gedanken, der ihm vortäuschte, er könne ein neues Leben mit einer anderen Frau beginnen. Sprengler kann sich nicht einmal ein Leben mit einer anderen Frau vorstellen. Er ist mit Selma stärker verbunden als zuvor. Sie wird niemals verschwinden, sie wird ihn nie verlassen, sie dirigiert ihn aus der Truhe heraus, sie wohnt in seinem Kopf, Tag und Nacht, er hat keine ruhige Minute mehr, er kann nicht schlafen, und wenn er schläft, träumt er von ihr. Sprengler hat eine Leiche im Keller, die ihm jeden Neuanfang verwehrt, die ihm die Luft zum Atmen nimmt und an den Schreibtisch kettet. Er wird sie keine Sekunde seines Lebens abstreifen können.

Du hast Selma getötet, Sprengler, es ist geschehen. Schreib, Sprengler, drück dich nicht.

Sprengler bebt am ganzen Körper. Er klappt den

Deckel seines Laptops zu, setzt die Weinflasche an und trinkt die halbvolle Flasche in einem Zug aus. Ich muss aufgeben, ich kann nicht mehr, ich kann nicht mehr weiterschreiben …

Er beginnt zu schreien: Ich schreibe nicht mehr, ich kann nicht mehr. Ich muss aufhören! Es ist zu Ende, Sprengler, zu Ende! – Du musst weiterschreiben, du MUSST! Du kannst nicht aufhören, mach dir nichts vor. Du bist verloren, Sprengler. Deine Krankheit ist das Schreiben. Und dafür gehst du über Leichen.

Mut, Sprengler, Mut. Vielleicht hält deine Geschichte jemanden davon ab, zu morden, vielleicht kannst du einen Mord verhindern, eine Ehe wieder kitten.

Er verfällt in lautes Gelächter, das in seinen Ohren hallt. Sprengler, der Samariter, Sprengler, der gute Engel. Er wird in die Legende der Heiligen eingehen.

Sprenglers Lachen erstarrt jäh zu einer Grimasse. Er stellt sich sein Gesicht vor, als er sie erwürgte, das Gesicht eines Rasenden, mit glühenden Kohleaugen und zornig zerfurchter Stirn, die Zähne ineinander verbissen und der Kiefer versteinert. Das warst du, Sprengler, du!

Es ist ihm unerklärlich, was er getan hat. Selma ist tot, sie ist plötzlich tot, von einer Minute auf die andere. Es kommt ihm vor, als hätte er es nur aufgeschrieben, als hätte er nur ein paar Wörter zusammengefügt, die ihren Tod beschreiben, aber nein, sie ist wirklich tot.

Erst jetzt spürt Sprengler seine abgrundtiefe Einsamkeit. Er taumelt in der Hölle seiner selbst, er fällt in einen immer tieferen Schlund der Selbstbetrachtung.

Sprengler wirft die Weinflasche zu Boden.

Er klappt den Laptopdeckel wieder auf. Er wird zu Ende bringen, was er begonnen hat. Seine Hände bewegen sich, vor Anspannung zitternd, zur Tastatur. Sprengler hält fest: Sprengler ist hoffnungslos in seiner Geschichte eingeschlossen. Wäre Selma noch am Leben, hätte er keinen Stoff für seinen Roman. Sprengler ist jetzt Witwer von zwei Frauen, der falschen und der richtigen Selma. Sprengler schreibt seinen Roman zu Ende. Er schreibt einen Roman, weil ihr Tod es ihm ermöglicht; die Tasten tanzen, weil Selmas Tod ihn dazu inspiriert. Wir sind auf uns allein gestellt, Sprengler, wir müssen das allein durchstehen. Sprengler braucht Sprengler. Er muss den Mörder mit seinen Augen durchleuchten, er muss ihm auf die Spur kommen, auch, wenn Sprengler nicht mehr unterscheiden kann zwischen dem Schriftsteller und dem Mörder, auch, wenn er sich verliert. Vielleicht muss er sich verlieren, in einzelne Teile zerfallen, ohne Möglichkeit, sich wieder zusammenzusetzen, vielleicht muss er in der Verwirrung ausharren. Es gibt Momente, in denen er sich völlig abgeschnitten fühlt von dem, den er beschreibt, und manchmal kann er nicht mehr unterscheiden, wer wer ist. Er wankt zwischen dem einen und dem anderen und bleibt zurück in grenzenlosem Durcheinander.

Sicher, so ist es. Er muss ausharren im Chaos. Wo führt das hin, wohin?

Niemand kennt sein Buch, bevor es beendet ist. Und kein Autor weiß, wer er danach ist. Das ist das Risiko, Sprengler.

*Denke dir, mein Schatten ist verrückt geworden, er glaubt, dass er Mensch geworden sei und dass – denke dir nur … dass ich sein Schatten sei!*

*Ich fürchte, dass er sich nie wieder erholen wird.*

*

Der Herbstwind schlägt in scharfen Böen ums Haus und peitscht Sprenglers Gedanken auf. Sie wirbeln wie Blätter, die mit Gewalt von den Bäumen gerissen werden, umher, sie werden hierhin und dahin getrieben, ohne ihre Richtung ändern zu können.

Selma war doch eben noch am Leben, denkt Sprengler. Er zieht kräftig an der Zigarette und stößt den Rauch aus. Was sie wohl empfunden haben mag, als er sie erwürgte. Hör auf, darüber nachzudenken, sonst … Sie hatte versucht, seine Hände von ihrem Hals zu lösen, hatte versucht, sich von ihm loszumachen und etwas zu sagen, die gurgelnden Töne bewiesen das, aber sie konnte nicht mehr sprechen. War sie verblüfft über den Angriff? Hat sie sich gefragt, was mit ihr passierte? Hat sie es glauben können, dass er zudrückte bis zu ihrem Tod? Hat sie sich gefragt, warum sie es nicht schon vorher geahnt hat, warum sie nicht lange vorher das Haus verlassen hat? Hat sie gedacht: Das ist lächerlich, das kann nicht wahr sein? Du kannst mich nicht umbringen? Hat sie ihm sagen wollen: Du bist im Irrtum, du machst einen großen Fehler. Du bist vollkommen verrückt, du gehörst in die Psychiatrie.

Er scheint sich gar nicht bewusst zu sein, was er tut, rasen ihre Gedanken, er ist betrunken, er ist außer sich, ich muss ihn beruhigen, darf mich nicht mehr wehren ... ööörg ... EXITUS.

Sprengler drückt die Zigarette aus, zerquetscht sie im Aschenbecher. Er darf nicht länger darüber grübeln, was Selma im Moment des Sterbens durch den Kopf ging. Vielleicht hat sie gar nichts gedacht, vielleicht hat die Angst jeglichen Gedanken verschluckt. Was bringt es dir, Sprengler, wenn du dich mit ihren möglichen Gedanken marterst? Wenn du dich weiterhin in sie hineinversetzt, wirst du von ihr verschluckt.

Und was ist ihm, Sprengler, durch den Kopf gegangen? Nichts, denkt Sprengler. Er sah nur rot, Sprengler hatte keine Zeit zum Denken. Sprengler drückte zu und spürte ihren Hals unter seinen Händen. War es wirklich so, Sprengler?

Lies Tolstoi, mach dir nichts vor!

*Wenn manche Leute sagen, sie wüssten in der Raserei nicht, was sie tun, so ist das Unsinn und Lüge. Ich war mir meines Tuns völlig bewusst und vergaß mich auch nicht eine Sekunde lang. Je heißer ich meine Wut anfachte, desto heller leuchtete in mir das Licht des Bewusstseins und ich konnte in seinem Schein alles sehen, was ich tat. Jede Sekunde wusste ich, was ich tat. Ich will nicht behaupten, dass ich vorher gewusst hätte, was ich tun würde; aber in dem Augenblick, wo ich es tat, sogar ganz kurz vorher, war ich mir meines Tuns bewusst, wohl – so möchte ich fast sagen – damit ich es später bereuen könnte, damit ich mir sagen könnte, dass ich hätte haltmachen können …*

*… und zum ersten Mal vergaß ich mich, meine Rechte, meinen Stolz, zum ersten Mal sah ich in ihr den Menschen. Und so gering erschien mir alles, was mich gekränkt hatte, meine ganze Eifersucht, und so bedeutend das, was ich getan hatte, dass ich mein Antlitz an ihre Hand pressen und sie um Vergebung bitten wollte – aber ich wagte es nicht …*

*… Erst, als ich ihr totes Gesicht sah, begriff ich, dass ich, ich sie ermordet hatte, dass ich die Ursache war, dass sie lebendig, warm gewesen war und nun starr, wächsern, kalt geworden war und dass das nie, nirgends, durch nichts gutgemacht werden konnte. Wer das nicht erlebt hat, kann es nicht begreifen …*

# WIRRNIS

Sprengler versucht sich immer wieder einzureden, er sei kein Mörder. Das ist lächerlich. Du musst Farbe bekennen, sag es, wie es war, fang endlich an, wenn du es nicht sagst, dann kannst du diesen ganzen Roman löschen. Wozu schreibst du ihn, wenn du nicht auf den Punkt kommst, auf den Punkt, verstehst du? Du scheust dich, du meinst, dir fehlen die Worte, nein, nein, du scheust dich, sie aufzustöbern, sie ans Licht zu bringen. Langweile nicht, Sprengler, der Leser will Klarheit und Einsicht und kein unzusammenhängendes Wörtergeschwätz. Deine bisherigen Erklärungsversuche, die du dir zurechtlegst, um das Unerträgliche zu ertragen, sind nur verwirrend und untermalen deine Blindheit, Licht in dein Tun zu bringen, das deine wahnwitzige Eifersucht verursacht hat. Aber was steckt dahinter, Sprengler?

Der Leser will wissen, was mit dir geschehen ist, er will in deine Seele schauen. Die meisten Männer bringen ihre Frauen nicht um, wenn sie von ihnen betrogen oder verlassen werden. Einige versuchen, sie zum Bleiben zu überreden, und überhäufen sie mit Geschenken und anderen Liebesbezeigungen, andere werden aggressiv und drohen mit Prügeln, wieder andere werden zu Stalkern. Dann gibt es den Typus derjenigen, die sich ganz zurückziehen und sich eine neue Frau suchen, bis der Schmerz der Trennung verblasst. Du, Spengler, hast gemordet.

Sprengler, pressen Sprenglers Finger auf die Tastatur, ist ein eifersüchtiger Würgemörder. Die Frage, die Sprengler sich immer noch nicht beantwortet hat, ist, weshalb er Selma getötet hat. Welche Abgründe haben sich in ihm aufgetan, wie war es möglich gewesen, dass keine Vernunft ihn bremste? Immer noch kommt ihm der Mord an Selma unwirklich vor, weil er die Hintergründe nicht zu erfassen vermag. Alle Gründe, die er aufführt, erklären nicht, wieso er zu einem Mörder werden konnte. Immer noch, auch nach Wochen und Monaten des Nachdenkens und Schreibens, gelingt es ihm nicht, eine Verbindung zwischen ihm selbst und dem Mörder herzustellen. Er hat das Gefühl, die Geschichte eines anderen aufzuschreiben, immer wieder gräbt sich der Gedanke in sein Hirn, wie sinnlos dieser Mord war und warum er es nicht hatte verhindern können. Warum?

Es gab keine Anzeichen, die ihn gewarnt hätten, wohin alles führte, er hat das Gefühl, mit einer unsichtbaren Macht zu ringen, die auf seinen Schultern sitzt und ihn nicht loslässt. Sprengler brütet vor sich hin. Er weiß auf seine Frage keine Antwort. Er ahnt, das Grübeln bringt ihn nicht weiter, er wird nicht herausfinden, warum er zu dem geworden ist, der er jetzt ist. Tag und Nacht klappern die Tasten, Tausende von Wörtern sagen nichts, sie sitzen auf dem Weiß wie blutleere, hirnlose Gespenster.

Sprengler weint. Er denkt an seine Kindheit, denkt an die Unschuld. Schon als Kind hatte er gern Geschichten geschrieben. Er schrieb nicht nur Märchen, sondern auch viele Geschichten, die in der Gegenwart spielten, sie wirkten, als hätten sie gerade in der Zeitung gestanden. Er spielte mit Fantasie und Wirklichkeit und manches Mal steigerte er sich so in sein Tun hinein, dass er erstaunt war, nur eine Geschichte erdacht zu haben, weil die Figuren, die er ersonnen hatte, mit ihm und um ihn herum gelebt hatten und zu seinen Freunden geworden waren. Er hatte immer die Möglichkeit, aus der realen Welt mit ihren Wirklichkeiten herauszutreten und seine Sehnsüchte zu leben.

Sprengler unterdrückt seine Tränen. Heute hämmert er mit verkrampften Fingern auf die Tastatur, heute wandelt Sprengler die wirkliche Welt um in Fiktion, und das Träumen ist ein realer Albtraum geworden. Olaf Sprengler ist nicht mehr Olaf Sprengler. Aber wenn Sprengler nicht mehr Sprengler ist, was ist er dann?

Sprengler umhüllt Ratlosigkeit. Vielleicht hat er sich alles nur ausgedacht, vielleicht ist Sprengler nur eine Figur in einem Buch, eine erdachte Person. Er hat sich selbst getäuscht. Warum nennst du dann Sprengler Sprengler? Das ist es gerade, das ist das Spiel. Warum soll es einem Autor besser gehen als den Lesern? Ein guter Roman lässt den Leser in der Figur verschwinden, über die er liest. Ein Autor lebt Monate und Jahre mit einer Figur zusammen, plötzlich kann er nicht mehr unterscheiden, wer wer ist. Also ist Sprengler Sprengler, anders geht es nicht, Sprengler weiß nicht, was er sonst ist, tippen seine Finger.

Was weiß denn Sprengler über Sprengler? Er weiß, dass er verheiratet war und seine Frau tot ist. Und er weiß, dass er einen Roman darüber schreibt. Seither ist der Schriftsteller nicht mehr auffindbar, weil er in der Romanfigur Sprengler lebt.

Sprengler schreibt und sieht sich schreiben. Sprengler mordet und sieht sich morden. Seine Gedanken verwandeln sich in Bilder, die er zu Buchstaben formt. Manchmal scheint er sich darüber bewusst zu sein, dass Schriftsteller und Mörder ein und dieselbe Person sind. Dann driften sie wieder auseinander. Bisweilen fühlt er sich nicht als Autor, der über den Mörder schreibt, sondern als Mörder, der über den Autor schreibt. Und Sprengler bekommt den Eindruck, die Romanfigur Sprengler hätte den Autor Sprengler erfunden, gestaltete und formte den Schriftsteller nun nach ihrem Willen. Sprengler ist zu zwei Personen geworden, die sich gegenseitig beeinflussen und leiten, folgert Sprengler. Sie geben sich gegenseitig eine Stimme. Es gibt immer wieder Nächte, in denen Sprengler sich sicher ist, er wäre der alte Sprengler geblieben und nur ein harmloser Schriftsteller. Dann überrumpelt ihn der Mörder-

Sprengler, weist sein Autorenhirn in seine Schranken und macht ihm unmissverständlich deutlich, dass es kein Zurück mehr gibt, selbst wenn der Schriftsteller sich seine Unschuld neu erfindet. Er ist derjenige, der in seinem Roman agiert. Dagegen lässt sich nichts machen, nicht einmal in Gedanken. Es ist eine wahre Geschichte, so wahr, wie eine Geschichte sein kann.

Das Buch enthält also nichts als die Wahrheit, schreibt Sprengler an Sprengler. Ja, das stimmt, antwortet Sprengler, es ist unsere Wahrheit, die auch unwahr sein kann, denn was ist schon wahr? Also, ich meine, jedes Buch stellt eine Wirklichkeit, welche auch immer, dar, muss also von jemandem geschrieben sein, der alles erlebt beziehungsweise miterlebt hat. Das bedeutet in unserem Falle, der eine Sprengler muss dem anderen Sprengler den Spiegel vorhalten, damit er seine Selbsttäuschungen aufgibt und begreift. Vielleicht mussten wir dafür die ganze Geschichte inszenieren, vielleicht fädeln wir alles ein, um uns selbst zu entlarven? Was ist denn nun wirklich? Die Geschichte oder unser Leben?

An diesem Punkt seiner Aufzeichnungen beginnt Sprengler, die Gewalt über sich zu verlieren. Seine Hände umgreifen den dröhnenden Kopf. Ich bin kein Mörder! Sprengler lacht hämisch. Wenn du kein Mörder bist, Sprengler, dann bin ich kein Schriftsteller. Du kannst aufhören mit »Unter dem Mantel des Eises«, sagt der Schriftsteller, und einfach ein neues Buch schreiben. Du weißt, es ist nicht möglich, sagt der Mörder. Wir sind miteinander verschweißt wie siamesische Zwillinge, ob es dir nun gefällt oder nicht. Wir müssen bis zum Schluss durchhalten. Außerdem ist da immer noch die Leiche.

# VIERTER SATZ

# AUSDRUCK

Sprengler überfliegt immer wieder die Textpassagen. Manchmal hat er den Eindruck, fertig zu sein, dann erkennt er, Wesentliches ausgelassen zu haben, und er hat das Gefühl, von vorne beginnen zu müssen, dass ein ganz anderer Aufbau, ein ganz anderes Ende nötig wären.

Sprengler benötigt einen Papierausdruck. Er hat den Überblick vollends verloren.

Er drückt auf ›Datei drucken‹. Die grüne Lampe leuchtet. Der Drucker rattert unermüdlich. Eine Seite nach der anderen quillt aus dem Dunkel des Spalts. Sprengler steht davor und beobachtet, wie das Geschriebene zu Materie wird, wie die Buchstaben sich auf dem weißen Papier zu seinem Text formieren wie eine nicht aufzuhaltende Armee auf dem Weg in die Schlacht, die zum Sieg oder ins Verderben führt, ihm schwarz gegen weiß deutlich machen, dass der Kampf, der sich in der Datei befindet, nicht nur eine Chimäre ist, und die Geschichte, die er enthält, Sprenglers Handschrift trägt.

Sprengler nimmt den ersten Stapel aus der Druckerablage, um für die neuen Blätter Platz zu machen. Der Text wird von hinten nach vorn gedruckt, damit er nicht sortieren muss, vielleicht sollte man, kommt es ihm in den Sinn, vielleicht sollte man den ganzen Roman umdrehen und mit dem letzten Kapitel beginnen.

Der Drucker rattert weiter. Seite 76, 75, 74 ... Es ist der erste Ausdruck, den er anfertigt und zu lesen wagt. Der Drucker schafft es ausnahmsweise, den Text, ohne zu stocken, bis Seite eins aus seinem Dateidasein zu befreien.

Er greift den Stapel, klopft die Kanten auf die Tischplatte, damit der Stoß exakt geordnet ist. Er setzt sich in den Ledersessel, das übliche Knarzen der Tierhaut nimmt er kaum wahr, denn er ist innerlich erregt und damit beschäftigt, sich Mut zu machen und mit dem Lesen zu beginnen.

Lautlos versinkt er in dem Text, Seite für Seite sickert in sein Inneres. Ihm scheint, als seien die Worte nicht von ihm selbst geschrieben, als hätten sie sich wie durch ein unerklärliches Wunder auf dieses Papier geschlichen. Sprengler liest über Sprengler, nichts ist für ihn greifbar, er liest, als stünde zwischen ihm und dem Text eine dichte Nebelwand. Sprengler liest weiter, dumpf, fremd kommt ihm alles vor, und dennoch ist er eigentümlich betroffen und aufgewühlt von dem, was hinter der Wand zur Wirklichkeit wird. Vielleicht hat er nichts von allem verfasst, vielleicht ist er nur ein Schriftsteller in einem Roman, eine erdachte Figur.

Jäh schleudert er den Wörterfriedhof durch das Zimmer. Leichentücher mit schwarzen Kreuzen flattern durch die Luft und segeln zu Boden, nichts kann sie entwerten, nichts kann sie wieder verschwinden lassen, selbst wenn Sprengler die Zettel verbrennt und die Datei löscht, wird der mörderische Text hinter dem Nebel weiterleben und ihn niemals verlassen. Etwas, was man einmal geschrieben hat, hat sich für immer im Hirn eingegraben. Und etwas, was man getan hat, lässt sich nie mehr rückgängig machen.

Warum fühlt Sprengler sich so zerschlagen? Weil er nicht mehr unterscheiden kann zwischen dem, was geschehen ist, und dem, was er erdichtet hat. Er weiß nicht einmal mehr, ob er etwas erdichtet hat. Die Wörter sagen es ihm nicht. Er möchte das, was wahr sein könnte, nicht wahrhaben und das Erlogene oder vielmehr Verlogene gutheißen, die Worte verwischen die Grenzen und lassen ihn im Unklaren. Und hinter dem Unklaren lauert die Wahrheit. Wahrheit, Wahrheit – ich werde verrückt, verrückt werde ich.

Er sitzt nackt auf einem Stück Papier. Er weiß nicht, wie er dort hingekommen ist. Alles, woran er sich erinnert, ist ein weißer Strudel, der ihn umhergewirbelt hatte, weiße Fetzen umstoben ihn, er war ohne Orientierung gewesen, hatte nicht mehr gespürt, wo oben, wo unten war. Dann, nach einer Ewigkeit, wurde er auf diesen weißen Grund geschleudert. So, glaubt er, muss es geschehen sein. Er blickt sich um, er fühlt sich winzig klein in der Unendlichkeit dieses leeren Raums, der sich bis zum Horizont erstreckt, der seine Insel in Weiß in allen Himmelsrichtungen umgibt. Er blickt an sich herunter. Seine Haut hat das Weiß des Untergrunds angenommen. Sie ist kaum mehr von ihm zu unterscheiden. Als wäre er im Nichts gelandet.

Als Sprengler erwachte, wusste er, ohne es sich bewusstmachen zu können, was zu tun war. Ungewaschen und fiebrig setzte er sich an den Laptop. Er muss eine neue Ordnung finden, eine neue Struktur, er muss ändern, streichen, ergänzen, die Kapitel, die Absätze, auch die Zeitebenen, er muss sprachliche Verbesserungen vornehmen, den Kern herausarbeiten, Sprengler, den Kern! Surren der Lüftung, Dateiklick ›Unter dem Mantel des Eises‹. Du musst alles umarbeiten, alles ändern!

Die Romanteile erhalten römische Ziffern, die Kapitel Großbuchstaben, die Absätze nummeriert er jeweils in einem Romanteil durch, so kann er sie gut hin- und herschieben. Er stellt die Bearbeitungsfunktion ein und geht den Text von der ersten bis zur letzten Seite durch, springt dabei in wilden Sprüngen durch die Textteile, die wie Filmschnitte vor ihm aufblitzen. Klick, klick, klick singt die Maus in hastigen hellen Tönen, und Sprengler schreibt in die aufscheinenden Bearbeitungsblasen, was zu tun ist.

I D 485 hinter II F 380
I G 764 vor I C 75
II C komplett umschreiben

II C 285 streichen!!!
II F Wo ist der Sinn? Erklären.
III A schlechter Anfang, hinter III K 255

In Musilscher Gangart macht er immer weiter, bis der gesamte Text mit Arbeitsanordnungen übersät ist. Sprengler drückt die Zigarette in den Aschenbecher, hält sich den Kopf, in dem es in einem fort hämmert, er hat Sehstörungen, die Buchstaben flimmern wie eine heiße Glut vor seinen Augen. Er fühlt sich elend und völlig wehrlos.

Sprengler erfasst seine Lage. Er hat lebenslang bekommen. Er ist zu einem Mann geworden, der den Rest seines Lebens dazu verurteilt ist, sein Buch zu Ende zu schreiben, ohne jemals ein Ende zu finden, ohne der Geschichte, die er aufschreibt, jemals entkommen zu können. Ich bin in den Wörtern gefangen, sie legen Fesseln um mich und lassen mich nie mehr frei. Ich weiß nicht, wie ich ihnen entfliehen kann, ich werde schreiben müssen bis in die Unendlichkeit hinein. Was soll das alles, es ist völlig sinnlos!

Plötzlich scheint es Sprengler, als sei sein Leben völlig unbedeutend gegenüber der Geschichte, die er schreibt, und dass der Mann, über den er schreibt, gar nicht existiert.

Es ist Sonntag. Sprengler hat kaum geschlafen. Dennoch bemüht er sich zu schreiben. Das Lüftungsgeräusch des Laptops zermartert seine Nerven.

Er schaltet den Computer aus und setzt sich mit Stift und Ringbuch auf den Lesesessel. Er notiert die Gedankensplitter, die ihm durch den Kopf sausen, in der Hoffnung, sie würden sich noch sortieren und ihn auf den richtigen Weg bringen. Es bleiben ihm nur noch 14 Tage bis zum spätesten Abgabetermin. Sprengler fühlt sich zerschlagen und hilflos, denn er weiß nicht, wie er die letzte Hürde nehmen soll. Er lässt die vergangenen Monate Revue passieren. Seit Ende Juni, seit nunmehr sechseinhalb Monaten, hockt er in seinem Zimmer, in diesem Haus und versucht, über das Unfassbare, was ihm widerfahren ist, Klarheit zu gewinnen. Sprengler sucht eine Antwort! Er findet sie nicht, je länger er schreibt, desto wirklicher und unwirklicher wird seine Geschichte.

Sprengler hockt im Dunst. Ein Roman, der auf Tatsachen beruht, kann ebenso lauter Lügen erzählen, die unzählige Wahrheiten enthalten. Soll doch der Leser entscheiden, was wahr oder erfunden sein könnte. Was geht es denn ihn an? Drück dich nicht, Sprengler! Es geht dich eine ganze Menge an! Du hast einen Traum, und für diesen Traum bist du über Leichen gegangen. Für wen schreibst du dieses Buch? Nicht für Selma, nicht für die Leser, sondern nur für dich selbst. Mach dir nichts vor. Für dich selbst! Für deinen vermaledeiten Erfolg, den du dir wünschst.

# ERFOLG

In deutschen Wörterbüchern erscheint das Wort »Bestseller« seit 1941. Es wird als Massenartikel definiert, der innerhalb einer bestimmten Zeitspanne, in einem bestimmten Absatzgebiet im Vergleich zu den übrigen Büchern derselben Gattung eine Höchstzahl an verkauften Exemplaren erreicht.

Typische Bestseller der schöngeistigen Literatur waren Daniel Defoes »Robinson Crusoe« (1719), Jonathan Swifts »Gullivers Reisen« (1726), Voltaires »Candide oder der Optimismus« (1759), Johann Wolfgang von Goethes »Die Leiden des jungen Werther« (1774).

Goethe benannte die Bedeutung hoher Verkaufszahlen: »Wer aber nicht eine Million Leser erwartet, sollte keine Zeile schreiben.«

*

Sprengler stellt die Unterlagen zusammen. Datei des Manuskriptes, Datei des Exposés. Sprengler öffnet sie noch einmal zur Überprüfung.

**Exposé**

## Unter dem Mantel des Eises

Der Schriftsteller Olaf Sprengler ist krankhaft eifersüchtig. Immer stärker engt er das Leben seiner Frau Selma durch ständig zunehmende Überwachung ein. Die Krise des Paares ist vorprogrammiert.

Selma Sprengler, Klimaforscherin, bekommt das Angebot, ein Jahr Forschung in Spitzbergen in einer internationalen Gruppe zu betreiben. Ohne zu zögern, nimmt sie die Stelle an. Das Forschungsjahr, teilt sie ihrem Mann mit, sei gleichzeitig das Trennungsjahr, denn sie werde sich von ihm scheiden lassen.

Olaf Sprengler, der hinter allem eine Affäre zwischen Selma und einem ihrer Kollegen vermutet, gerät außer sich. Am Vortag der Abfahrt verliert Sprengler die Kontrolle über sich und erwürgt seine Frau.

Verzweifelt und nervlich zerrüttet, kauert er vor der Leiche. Erst jetzt begreift er, was er Selma angetan hat. Seine Küsse erwecken sie nicht mehr zum Leben. Stattdessen versteckt er ihren Leichnam in der großen Gefriertruhe im Keller, denn Sprengler hat einen fatalen Plan: Er will einen Roman über sich selbst und den Mord an seiner Frau schreiben.

Am Anleger wird Selma von den Kollegen vermisst. Als ein Anruf bei ihr zu Hause erfolgt, versichert Olaf Sprengler, Selma sei am frühen Morgen zum Bahnhof aufgebrochen.

Selma bleibt verschwunden. Das Forschungsschiff legt ohne sie ab.

Am folgenden Tag erstattet Sprengler Vermisstenanzeige bei der Polizei, die das Verschwinden der Ehefrau zunächst verharmlost, aber schließlich die polizeiliche Suche nach Selma Sprengler einleitet.

Olaf Sprengler zieht sich in sein Haus zurück und beginnt zu schreiben. Er befindet sich in einer entsetzlichen Verfassung. Der Dämon in ihm siegt. Er verheimlicht weiterhin seinen Mord, um seinen Roman zu schreiben, um sich selbst, sein Leben mit Selma und seine Tat zu ergründen.

Bereits drei Tage später wird eine unbekannte weibliche Wasserleiche aufgefunden und zur Gerichtsmedizin gebracht. Sie weist keinerlei Spuren von Gewaltanwendung auf. Der Zufall will, dass einige äußere Merkmale mit denen Selma Sprenglers übereinstimmen. Olaf Sprengler wird in die Gerichtsmedizin gebeten. Er identifiziert die fremde Frau als seine Frau Selma und befreit sich damit von der Angst, als Selmas Mörder gefasst zu werden.

Sprengler organisiert die Beerdigung und begräbt die unbekannte Frau als die seine.

Die folgenden Monate arbeitet er an seinem Roman. Er wohnt und schreibt mit Selmas Leiche in der Gefriertruhe und gerät an die Grenzen seiner selbst.

Sprengler beendet den Roman und schickt das Manuskript an seinen Lektor. Der Roman »Unter dem Mantel des Eises« wird ein Bestseller.

**Manuskript**

Er hatte Türen und Fenster geschlossen sowie Türklingel, Telefon und Handy abgestellt. Er wollte niemanden sehen und sprechen. Er stieg die Treppe hinauf, schritt den Flur entlang, seine Schuhsohlen scharrten über den Boden; die eigenen Schlurfgeräusche verstärkten seine Furcht …

Sprengler schließt die Dateien und schiebt sie in den Mail-Anhang. Dann formuliert er das Anschreiben.

**Betreff: Neuer Roman »Unter dem Mantel des Eises«**

Lieber Harald,

danke für deine Geduld. Anbei sende ich dir Exposé und Manuskript meines neuen Romans ›Unter dem Mantel des Eises‹. Bitte um kurze Empfangsbestätigung und erwarte deine Leseresonanz. Alles Weitere später.

Gruß
Olaf

Sprengler ist kurz davor, den entscheidenden Klick zu machen und auf ›Senden‹ zu drücken. Er zögert. Noch kann er alles löschen. Er ist noch lange nicht fertig.

Er muss alles umändern. Mach dir nichts vor, es gibt nichts mehr zu ändern, und du hast längst den Punkt des Rückzugs überschritten.

Und er drückt auf ›Senden‹.

*

Eine Woche ist vergangen. Sprengler greift zur nächsten Zigarette. Er saugt an ihr, als müsse sie ihm Halt geben. Er stößt den Rauch aus. Wann ruft er endlich zurück? Warum kann er nicht zügiger lesen? Sicher hat es ihn gelangweilt, und er hat die Lektüre abgebrochen. Die Asche fällt herunter. Ein weiterer Zug. Vielleicht traut er sich nicht zurückzurufen, vielleicht findet er alles vollkommen unmöglich? Selbst wenn er es unmöglich findet, würde er sich nicht scheuen, es dir an den Kopf zu schleudern, also hab Geduld, er wird schon zurückrufen. Was ist, wenn er es wirklich unmöglich findet? Er wird mich in Stücke reißen, er wird das Spiel durchschauen, er wird die Niedertracht, die Gemeinheit erkennen, er ist nicht dumm, er ist sensibel. Aber auch er will den Erfolg. Sprengler zieht so stark an der Zigarette, dass er husten muss. Wenn er mich zur Rede stellt, wenn er merkt … Der Zigarettenkopf glüht. Du musst es wissen, Sprengler, Harald ist die Testperson.

Warten. Die nächste Zigarette, die er an der aufgerauchten entzündet. Rauchschwaden, Geschmack im Mund, als hätte er erbrochen. Er starrt auf seine vergilbten Finger, in denen die Zigarette klemmt. Ein weiterer tiefer Zug, der ihm die Lunge verätzt und ihn zum Husten bringt. Er hustet den Schleim ab, greift zum Weinglas, umspült das Mundinnere und lässt den Schluck die Kehle hinuntergleiten.

Das Telefon klingelt. Sprengler lässt es klingeln. Einmal, zweimal, dreimal, auf dem Display erscheint die Nummer seines Lektors, Sprengler reißt den Hörer an sein Ohr.

»Sprengler.«

»Fantastisch! Genial, Olaf. Was du aus dem Tod deiner Frau literarisch machst, ist einzigartig. Und diese Idee mit dem Bestseller. Großartig, das wird dein Durchbruch. Ich werde den Roman sofort in der Verlagssitzung vorstellen. Ich werde für diesen Roman kämpfen!«

*

Das Telefon klingelt. Sprengler lässt es klingeln. Einmal, zweimal, dreimal, auf dem Display erscheint die Nummer seines Lektors. Sprengler reißt den Hörer an sein Ohr.

»Stell dir vor, es sind von ›Unter dem Mantel des Eises‹ bereits 50.000 Exemplare vorbestellt und die Übersetzungsrechte an elf Länder verkauft. Du kannst dir vorstellen, was das bedeutet. Der Verlag wird sofort eine Anzeige im DB-Magazin starten. Und wir werden in den Großbuchhandlungen und Zeitschriften ›Das Buch des Monats‹ für deinen Roman kaufen, das kostet sehr viel Geld, aber alle sind sich sicher: Es kommt vielfach wieder rein. Natürlich reichen wir es auch zu allen namhaften Literaturpreisen ein. Olaf, mach dich darauf gefasst: Das wird ein ganz großer Erfolg.«

Sprengler legte den Hörer auf. Er wartete auf seine Freude. Sie stellte sich nicht ein. Sein Roman wurde also ein Bestseller. War es ein Wunder? Wer war denn noch nicht eifersüchtig? Und wie viele Frauen und Männer haben ihre Partner tatsächlich getötet oder haben nicht schon daran gedacht, sie zu töten, es dann nur nicht ausgeführt aus Angst vor dem Gefängnis. Wie viele dunkle Fantasien schweben in ihren Köpfen? In einem Roman können sie gefahrlos ihren Gedankengespinsten nachhängen, sie werden eingeladen mitzutöten, den unbeherrschten Mörder zu verurteilen oder Verständnis aufzubringen. Selbst wenn sie sich hinter dem Protagonisten versteckt halten, niemand wird ihnen ihre eigenen schwarzen Gedanken abnehmen, sie werden sich lesend mit ihnen auseinandersetzen müssen.

Warum also wollen die Menschen über Morde lesen? Weil sie sich in sicherer Distanz fragen möchten, wie sie selbst handeln würden, weil sie Verständnis für den Täter aufbringen oder ihn verabscheuen, weil sie sich in ihm oder im Opfer erkennen, weil sie Eigenschaften wiederfinden, die sie selbst haben. Macht es in der Seele des Menschen einen Unterschied, ob man jemandem den Tod wünscht oder ihn tatsächlich tötet?

Sprengler lachte hohl in sich hinein. Ich bin nicht allein.

# PRESSESPIEGEL

Sprengler blättert die Zeitungen durch. Selbst in der Literaturbeilage der ›Zeit‹ und der ›Süddeutschen‹ hat er Besprechungen bekommen. Er schlägt alle Rezensionen auf, liest sie, markiert und exzerpiert die wichtigsten Sätze.

*So ein wunderbares Buch, so eine Mischung aus Spannung, Unterhaltung und Nachdenklichkeit findet man in Deutschland nur äußerst selten.*

*Sie können ›Unter dem Mantel des Eises‹ aufschlagen, wo Sie wollen, der Roman ist immer spannend und geistreich. Ein hervorragendes Buch, ein hervorragender Schriftsteller.*

*Eine meisterhafte Reflexion über Eifersucht. Sprenglers Roman zeigt auf eindringliche Weise: Selbst das beste Miteinander zweier Menschen ist nicht gegen den Einbruch des Schicksals gefeit. Das Buch ist ein Zeugnis nicht erfassbarer Mächte, die eine Ehe, ja, die Freiheit und Leben gefährden.*

*Dieser Text verkündet nicht zufällig das Leid der Liebe, berichtet von Eifersucht und Liebeswahn und analysiert das Verhältnis von Wirklichkeit und Fiktion.*

*›Unter dem Mantel des Eises‹ ist mit Abstand Olaf Sprenglers gelungenster Roman. Eine Geschichte, die sowohl die Brüchigkeit der Ehe als auch die der schriftstellerischen Arbeit thematisiert. Wirklichkeit und Fiktion fließen ineinander und lassen den Leser entscheiden, wo die Wahrheit steckt.*

*Olaf Sprengler hat einen grandiosen Eifersuchtsroman geschrieben und darin einen Schriftsteller in seinem Kampf um Liebe und Erfolg kreiert, einen Schriftsteller, dem das Spiel zwischen Wahrheit und Fiktion zum Fegefeuer geworden ist. Ein exzellentes Verwirrspiel auf der Suche nach der eigenen Identität.*

*Es ist ein mit überlegenem Formsinn gestalteter, klug rhythmisierter und in der Intensität meisterhafter Roman.*

*Was für ein Schriftsteller, der einen so beklemmend großartigen Roman wie ›Unter dem Mantel des Eises‹ verfasst hat, der sich mit Feuer ins Herz des Lesers brennt und ihm den Spiegel vorhält.*

*Die Meisterschaft, mit der Sprengler das Thema Eifersucht mit krimineller Spannung, subtiler Melan-*

*cholie, traurigem Charme und Sarkasmus anreichert, bezeugt sein Genie.*

# SCHLUSSTAKT

*Musik: Erik Satie, Petite Ouverture à danser*

**Moderator:** Herr Sprengler, ich begrüße Sie als Bestsellerautor und Gewinner mehrerer Literaturpreise für Ihren Roman ›Unter dem Mantel des Eises‹ herzlich im Studio und danke Ihnen für Ihre Bereitschaft, sich für einige Fragen zur Verfügung zu stellen.

Zunächst kurz zur Musik, die wir eben gehört haben. Sie haben Erik Saties frühe Klavierstücke für diese Sendung ausgewählt. Was verbindet Sie mit dieser Musik?

**Sprengler:** Es war die Lieblingsmusik meiner Frau. Sie nannte sie ihre ›Schneemusik‹.

**Moderator:** Schneemusik?

**Sprengler:** Meine Frau war Klimaforscherin. Sie hatte ein paar Monate in der Arktis verbracht. Saties Klavierstücke erinnerten sie an diese Landschaft.

**Moderator:** Und deshalb haben Sie als Titel Ihres Romans auch ›Unter dem Mantel des Eises‹ gewählt.

**Sprengler:** Es gibt viele Gründe, die für diesen Titel sprechen. Ich werde sie hier nicht näher ausführen, weil sie dem Leser die Spannung nehmen.

**Moderator:** Wann tauchte das erste Mal die Idee für Ihren Roman auf?

**Sprengler:** Mit dem Tod meiner Frau. Ich habe ihr den Roman gewidmet.
Sie ist immer noch bei mir. Ich werde sie nie vergessen.

**Moderator:** Sie haben in Ihrem Roman Ihr eigenes Leben mit der Fiktion verwoben. Was hat Sie dazu bewogen?

**Sprengler:** Erst der Tod meiner Frau hat mich aufgerüttelt zu erkennen, in welcher psychischen Lage ich mich befand. Ich habe ihr großes Unrecht zugefügt. Das habe ich literarisch umgesetzt. Also, es ist ein Buch über das Verhängnis der Eifersucht, wie sie sich zur Obsession entwickelt. Ein klassisches Thema also.

**Moderator:** Wir alle denken sofort an ›Othello‹. Haben Sie in Shakespeare ein Vorbild gefunden?

**Sprengler:** Wer als Schriftsteller in Shakespeare kein Vorbild findet, ist ein Stümper. Außerdem findet jeder Leser, der meinen Roman nicht nur fragmentarisch gelesen hat, Shakespeare-Zitate im zweiten Teil des Buches.

**Moderator:** *(räuspert sich)* Herr Sprengler, Sie haben eine intensive, unter die Haut gehende Geschichte verfasst und mit Spannungsmomenten nicht gespart.

**Sprengler:** Ich befand und befinde mich in ständiger Anspannung. Das habe ich eingebracht. Meine Frau ist und bleibt bei mir. Ich kann sie und mein Verhalten ihr gegenüber niemals vergessen. Ich liebe sie über ihren Tod hinaus, verstehen Sie? Und auf eine gewisse Art und Weise übe ich immer noch Kontrolle über sie aus. Und sie über mich.

**Moderator:** Wie ist das zu verstehen?

**Sprengler:** Das möchte ich ohne Kommentar so stehen lassen.

*Musik: Erik Satie, Pièces froides, Airs à faire fuir*

**Moderator:** Sie verwenden im Roman die dritte Person Singular, obwohl Sie über sich selbst schreiben. Warum?

**Sprengler:** Ich schreibe ER, obwohl ich ICH meine, weil ich mir als ER mit Distanz über die Schulter sehen kann. Ich kann mich beobachten, ohne mich in mir aufzulösen. Als Schriftsteller muss man immer die Oberhand über seine Figuren haben, sonst entgleiten sie einem. Gerade weil es um mich selbst ging, musste ich die dritte Person wählen. Aber es gibt Perspektivwechsel in dem Roman, da breche ich das ER, weil es mir schreibend nicht anders möglich war, weil es mich förmlich übermannte, ins ICH zu rutschen, ich eine Symbiose mit der Figur, die ich in dem Roman darstelle, einging, eine Symbiose, die ich nicht verhindern konnte.

**Moderator:** Eine Frage, die viele Leserinnen und Leser interessieren wird. Wie sind Sie beim Verfassen des Romans vorgegangen? Haben Sie viele Recherchen durchgeführt?

**Sprengler:** Sicher, ich habe mich nicht allein auf meine Erfahrungen gestützt. Ich habe viel über Menschen in Extremsituationen gelesen und über die Psychologie der Eifersucht natürlich. Ich habe mich oft wiedergefunden in dem, was ich las. Viele Menschen haben den Wunsch, mit sich ins Reine zu kommen, sich nicht länger zu belügen, sich zu erinnern, was sie erlebt und getan haben oder sich eingebildet haben. Sie haben den Wunsch, ihrem Versteckspiel ein Ende zu bereiten. Gewalttäter unter ihnen legen schließlich ein Geständnis ab, weil die Einsamkeit, in der sie leben, sie mürbe macht. Sie wollen ihre Tat endlich abschütteln, indem sie sie öffentlich machen. Das kann ich sehr gut nachvollziehen. Ich wählte den Weg der Literatur, um zu sprechen, um mich mit mir selbst auseinanderzusetzen.

*Musik: Erik Satie: Sonneries de la Rose + Croix, Air du Grand Maître*

**Moderator:** Herr Sprengler, wie fühlen Sie sich als Bestseller-Autor und Buchpreis-Preisträger?

**Sprengler:** Ich sage es ohne Verklärung: Es geht im Buchgeschäft nur um Verkaufszahlen, niemals um den Autor und selten um seine literarische Wertschätzung.

›Unter dem Mantel des Eises‹ behandelt ein Problem, das alle Menschen betrifft und zusätzlich von meinem Leben und meinen Erfahrungen geprägt ist. Das mag der Leser, weil er ein versteckter Voyeur ist, ein Leser will immer alles über den Autor wissen, besonders seine Probleme kennen, um sich mit ihnen zu identifizieren oder davon abzugrenzen oder auch aufzuheizen, je nachdem.

**Moderator:** Das ist keine besonders positive Sichtweise Ihres großen Erfolgs.

**Sprengler:** Ja, ich mache mir nichts vor. Mein Verlag und auch die Leser würden es wahrscheinlich gern sehen, wenn ich für den nächsten Roman im Gefängnis sitze und darüber schreibe.

**Moderator:** Unsere Sendezeit geht zu Ende, ich möchte entgegen allen düsteren Seiten des Buchmarktes noch einmal Ihre große literarische Leistung hervorheben und Ihnen persönlich danken. Sie haben den tragischen Tod Ihrer Frau als Ausgangspunkt für Ihren Roman gewählt und aus einer realen Situation eine fiktive Geschichte verfasst, in der Sie selbst Protagonist sind, und Sie haben mit diesem sensiblen Gespinst von Wirklichkeit und Fiktion ein literarisches Meisterwerk erschaffen.

**Sprengler:** Zumindest ist ›Unter dem Mantel des Eises‹ mein bester Roman. Ich möchte noch erwähnen: Man könnte den Roman auch als eine Art Vexierbild ansehen. Indem man ihn dreht und wendet, bekommt er jeweils eine andere Bedeutung. Kafka hat das gut beschrieben: ›Das Versteckte in einem Vexierbild sei deutlich und unsichtbar. Deutlich für den, der gefunden hat, wonach zu schauen er aufgefordert war, unsichtbar für den, der gar nicht weiß, dass es etwas zu suchen gilt.‹ Was ich damit sagen will, vielleicht ist es gar kein Gespinst von Wirklichkeit und Fiktion, vielleicht entspricht alles, was ich geschrieben habe, der Wahrheit, und die Wahrheit ist deutlich und unsichtbar wie in einem Vexierbild.

**Moderator:** *(lacht auf)* Herr Sprengler, Sie laden uns abermals zum Reflektieren ein, Sie spielen mit den Grenzen, ja, Sie regen uns an, die aus einer realen Situation entwickelte Fiktion wieder als Realität zu denken. Ich glaube, dies ist ein wunderbarer Abschluss für unser Gespräch.

*In Sprengler steigt ein Lachen auf, das in einem nicht mehr zu stoppenden Lachanfall mündet. Es ertönen scharfe, abgehackte Lacher, die in Schluchzer übergehen. Sie werden vom letzten Musikstück überblendet.*

*Musik: Erik Satie, Prière*

ENDE

# QUELLENNACHWEIS

Zitate von William Shakespeare: Erich Fried, Shakespeare Band 3, Othello, Zweitausendeins, 1995

Zitat von Leo N. Tolstoj: Die Kreuzersonate, insel taschenbuch 763, 1984

Zitat von Max Frisch: Stiller, suhrkamp taschenbuch 105, 1977

Zitat von Sandor Marai: Die Möwe, Piper Taschebuch, 2008

Zitat von Thomas Mann: Die Erzählungen, Luischen, S. Fischer, 2005

Zitat von Hans-Christian Andersen: Der Schatten, Andersens Märchen, insel Taschenbuch 133, 1975

IPCC: Intergovernmental Panel on Climate Change